LES SECRETS D'UNE VOLEUSE

Du même auteur, dans la même collection :

Derrière les volets

LES SECRETS D'UNE VOLEUSE

ÉLÉONORE CANNONE

RAGEOT

Pour Gaspard, Émile et Dédé.

Couverture de Marie Avril.

Cet ouvrage a été imprimé sur un papier
issu de forêts gérées durablement,
de sources contrôlées.

ISBN 978-2-7002-3905-8
ISSN 1766-3016

« *Steal a little and they throw you in jail,*
Steal a lot and they make you king[1]. »
Bob Dylan, *Sweetheart Like You*

1. « Volez un peu et ils vous jettent en prison,
Volez beaucoup et ils vous font roi. »

Faux-semblants

Le nez retroussé vers le soleil, je marchais dans la rue d'un pas léger en repensant aux paroles de la vieille femme :

– Les gens honnêtes sont si rares de nos jours !

Les apparences sont parfois trompeuses…

Alors que je me baladais, comme chaque dimanche matin, dans le marché de la ville où nous nous étions installés pour les vacances d'été, je les ai repérés. Elle, son énorme sac à provisions rempli jusqu'à ras bord et le portefeuille luisant qui surfait à son sommet.

Je les ai suivis, subjuguée par le joyeux va-et-vient du portefeuille alpiniste. Tombera ? Tombera pas ? Telles étaient mes questions.

Quand il s'est jeté à mes pieds, je me suis penchée pour le ramasser en faisant mine de lacer mes tennis. Ni vue ni connue. Les commerçants et les passants vaquaient à leurs occupations sans me prêter la moindre attention.

J'ai continué à trottiner derrière la mamie en inventoriant le contenu de son larfeuil : une carte senior, une carte d'identité, une carte bleue qui n'expirerait pas avant deux ans, 852 euros et 60 centimes. Tentant !

J'ai toutefois préféré m'assurer qu'elle était aussi riche que son porte-monnaie me le laissait supposer. Histoire de respecter le troisième commandement : « Tu ne voleras point de modestes gens. »

D'après sa carte d'identité, Mme Josette Barzeuil était née le 3 juin 1934 à Saint-Marcellin, en Isère, et sa dernière adresse connue était celle devant laquelle j'étais parvenue. Au 3 rue des Acacias.

Le quartier était modeste et populaire. Plus pour très longtemps puisque des affiches placardées un peu partout affirmaient qu'il serait bientôt rénové.

J'ai jeté un œil par la fenêtre de son appartement situé au rez-de-chaussée. Pas de quoi braquer un chat !

J'ai alors couru sur place. Quand il m'a semblé que j'étais suffisamment essoufflée, j'ai pénétré dans l'immeuble et sonné chez elle.

– Oui… a hésité une voix derrière la porte.

– Madame Barzeuil ?

– C'est pour quoi ? m'a-t-elle demandé d'un ton méfiant.

– Vous avez égaré votre portefeuille dans la rue, lui ai-je expliqué en agitant l'évadé devant son judas.

Elle a mis deux minutes avant de m'ouvrir. Le temps sans doute de vérifier mes dires.

– Merci mille fois ! s'est-elle exclamée d'une voix joyeuse en récupérant son portefeuille.

– Pas de quoi ! lui ai-je assuré.

Après en avoir vérifié le contenu, elle m'a tendu un billet de 5 euros.

– Vous ne me devez rien, l'ai-je arrêtée d'un geste.

– Si, si. Je viens juste de récupérer ma pension pour le mois d'août. Sans toi, jeune fille, je ne sais pas comment je me serais débrouillée pour payer mes factures et mon loyer. Enfin… mon loyer actuel, parce qu'une fois qu'ils auront chamboulé le quartier, il risque d'augmenter et je serai contrainte de déménager. Prends ce billet ! Tu l'as bien mérité.

Pour résister à la tentation, j'ai reculé vers l'entrée de l'immeuble avant de lui servir ce cliché éculé qui m'a toujours fait rigoler :

– L'honnêteté n'a pas de prix !

C'est à ce moment-là qu'elle m'a lancé :

– Merci encore jeune fille. Les gens honnêtes sont si rares de nos jours !

Si elle savait…

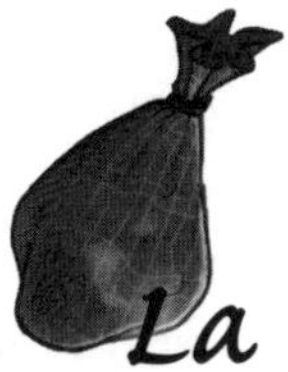

La famille monte-en-l'air

Dès que j'ai franchi la porte d'entrée de notre maison de vacances, j'ai compris que quelque chose clochait.

Aucune odeur ne s'échappait de la cuisine.

Personne ne m'attendait pour me signifier que j'étais en retard pour le dîner.

Je n'avais pas vu le temps filer cet aprèm. Un exploit car, depuis notre arrivée, je m'ennuyais ferme.

Pour plusieurs raisons :

↳ Dans le coin, les activités se limitaient à s'étendre sur une plage bondée pour cramer en chœur ou à manger des glaces jusqu'à l'indigestion.

↳ Je souffrais de solitude aiguë. Ling-Anne, ma meilleure amie, était partie en vacances chez ses grands-parents maternels dans le Jura (traduction : très très loin d'ici). Quant à mon grand frère Lucas, « Loucasse » en VM (Version Maternelle), il refusait que je l'accompagne l'après-midi à la plage sous prétexte que se trimballer avec une gamine de treize ans, pour un ado de quinze, c'est pire que le bagne.

↳ Contrairement à ce dernier, je suis incapable de subtiliser de nouvelles amitiés en deux temps trois mouvements car, même si je maîtrise l'art du mensonge à la perfection, je me refuse à en abuser dans ma vie privée.

↳ Mes parents soutiennent que les vacances permettent de relâcher la pression, si bien qu'aucune opération n'est jamais envisagée pendant cette (trop longue) période.

Résultat, j'étais condamnée au repos forcé.

Résultat bis, depuis notre arrivée, je dilapidais mes après-midi à parfaire mon art de la filature en suivant mon frère aîné, sa petite amie ou des inconnus.

Quand je commençais à avoir mal aux pattes, je m'installais au café en compagnie de mes dernières recherches (barbotées sur Internet) en comptant les jours me séparant de ma libération prochaine : la rentrée.

Aujourd'hui était une exception confirmant ma peine. J'avais été si absorbée par l'étude du mode d'emploi d'une serrure soi-baratinant impossible à crocheter que je n'avais pas vu l'après-midi se dérober.

Arrivée dans le salon, mon pressentiment est devenu une certitude.

Mon père effectuait des allers-retours de la table de la salle à manger à la table basse en poussant des soupirs de mammouth.

Ma mère paraissait calme mais ses mains accrochées au rebord de la table et ses pieds nerveusement enroulés autour de ceux de sa chaise démentaient le masque d'impavidité qu'elle s'était forgé.

Lucas, les yeux baissés, affichait une mine contrite.

Quant à Chris, il souriait d'un air béat dans son couffin comme si des anges lui décochaient des clins d'œil depuis le plafond.

– On t'attendait, a grogné mon père dès qu'il m'a vue.

Chouette, notre plan « vacances » est tombé à l'eau, ai-je supposé vu l'ambiance. J'étais quand même étonnée. Je n'avais aperçu aucune valise dans le couloir.

– Assieds-toi, m'a conseillé ma mère.

Au moment où je prenais place, je les ai remarqués : deux livres noirs à la tranche dorée trônaient au milieu de la table ainsi qu'un pistolet et une grosse liasse de billets de 500 euros entourée d'un élastique.

C'était quoi ce plan ? Personne ne m'avait tenue au courant.

En plus, il y avait un calibre dans le coup. Or, dans ma famille, les armes sont formellement interdites.

À l'instar de toutes les familles, me direz-vous.

Oui, sauf que la mienne est un peu particulière.

En effet, nous exerçons la dangereuse et illégale profession de voleurs. Et ce, depuis plusieurs générations. Nous sommes chapardeurs de père en fille, détrousseurs de mère en fils.

Mon père Roman (un quart russe, un quart écossais et moitié français) est plus connu sous le nom de Mastermind pour la précision et la beauté de ses plans.

Ma mère Jane alias Mystic (en hommage aux X-Men et à ses origines 100 % anglo-saxonnes) a un don inégalé pour la transformation et possède un répertoire impressionnant d'accents. Elle peut aussi bien incarner une vieille rombière de quatre-vingts ans qu'une adolescente en crise.

Mon grand frère Lucas, qui aura seize ans dans trois mois, répond également au sobriquet de Casper (le gentil fantôme). Aucune porte, aucun coffre, ne lui résistent très longtemps.

Et si ma famille me surnomme Doigts de fée, ce n'est pas parce que la chute rime avec Ashley (en VF), mais parce que je suis une pro du pickpocketage, une virtuose du clavier et une experte ès déverrouillage des portes.

Quant à Christian (« Christianne » en VM), mon petit frère de six mois, il ne dispose pas encore d'appellation non contrôlée. Pour l'instant son rôle se borne à faire diversion. C'est si mignon un bébé…

Brut de décoffrage

Mon père a fini par s'asseoir.

Quand j'ai intercepté le regard glacial qu'il lançait à Lucas, j'ai compris que ce n'était pas notre plan « vacances » qui était tombé à l'eau.

C'était Lucas.

– Alors, où as-tu déniché ça ? lui a demandé mon père d'une voix furieuse.

– C'était sous mon lit. Tu n'avais pas le droit de fouiller dans mes affaires, a tenté mon frère.

– Tes affaires, tes affaires... Elles ne sont pas à toi ces affaires, a répliqué mon père.

– Comme toutes nos affaires, a cru bon de préciser Lucas.

Mon père n'a pas relevé.

– Je t'écoute Lucas.

– Dans un coffre... a répondu celui-ci.

– Je me doutais que tu ne les avais pas trouvés sous le paillasson de l'entrée. Quel coffre ? Il n'y a pas de coffre dans cette maison.

Il aurait pu y en avoir un. Seulement avant d'emménager dans cette maison en bord de mer (et donc d'enclencher notre plan « vacances »), nous avions inspecté chaque recoin, pris plusieurs photos et dressé un plan des lieux. Histoire de tout remettre en état avant le retour des propriétaires. Prévu pour la fin du mois.

Nous vérifions toujours que les proprios partent loin et pour une durée déterminée et nous n'empruntons jamais rien dans les maisons où nous nous installons. Il faut savoir compartimenter, comme le serine Alistair, mon faussaire de grand-père (plus connu sous le pseudo de Pastiche).

Toutefois, nos valises sont toujours prêtes. Au cas où…

– Pas ici, a précisé Lucas. Dans un vieux truc type manoir.

– Où ? a grogné mon père.

– À quelques kilomètres. Sur la route de Marvelic. Il est carrément isolé et plutôt chicos dans le genre. Je suis tombé dessus par hasard en me baladant et, l'autre soir, j'ai décidé d'y refaire un petit tour pour voir s'il y aurait pas des trucs à glaner. Quand j'ai débusqué le coffre…

– Quand ? l'a coupé mon père.

– Quand quoi ?

– Quand as-tu perpétré ton fameux tour de manoir ? a explicité mon père.

– Oh... a réfléchi Lucas. Il y a deux jours. Ouais, c'est ça, vendredi soir. Lorsque maman et toi êtes allés au resto.

Je me souvenais parfaitement du soir en question. Lucas avait prétexté une terrible migraine avant de se calfeutrer dans sa chambre et de s'éclipser discrètement par la fenêtre. J'avais pensé que, comme chaque soir depuis le début des vacances, il filait retrouver sa chérie.

– Comment savais-tu que les propriétaires seraient absents ? a continué mon père.

– J'en savais rien. Seulement quand j'ai constaté que les lumières étaient éteintes, à 21 h 30 passées, j'ai tout de suite pigé qu'ils étaient sortis, a expliqué mon frère en reprenant de l'assurance.

– Et tu n'as pas envisagé qu'ils avaient peut-être décidé de se coucher tôt ce soir-là ? lui a asséné mon père.

– Heu... Non... En effet, a hésité Lucas. Mais il n'y avait personne. J'ai repéré le coffre, je l'ai ouvert en deux coups d'oreilles et je me suis barré fissa. Pas mal hein ?

– Pas mal ? s'est étranglé mon père.

Ma mère a posé une main apaisante sur son épaule. Il s'est dégagé d'un coup sec afin d'attraper les deux carnets à la tranche dorée et de les agiter sous le visage buté de Lucas.

– Tu sais ce que c'est ? lui a-t-il demandé.

– Ben, ouais. Des carnets, a marmonné mon frère.

– Non, pas des carnets. Des embrouilles ! Des embrouilles en pagaille ! s'est exclamé mon père avant de s'écrouler sur son siège.

Ma mère nous a suggéré d'un geste de décamper.

Lucas et moi avons suivi ses conseils sans hésiter.

Tant pis pour le dîner.

Quand mon père est de cette humeur, il est préférable de ne pas s'éterniser.

Passage à vide

– Chérie, tu es prête ? s'impatienta René Cornet en faisant sauter les clés de sa Jaguar dans la paume de sa main droite. J'ai réservé une table chez *Le Corbusier* pour 20 heures. Si tu ne te dépêches pas, on va être en retard.

– J'en ai pour cinq minutes, lui cria une voix féminine à l'étage.

René Cornet en profita pour se diriger vers le coffre-fort de son bureau.

Depuis plusieurs jours, il hésitait sur le moment où il offrirait à sa femme la superbe bague sertie de saphirs qu'il avait fait réaliser par Raymond Dormor, le plus célèbre bijoutier de la ville, pour marquer de pierres bleues leur seizième anniversaire de mariage.

Devait-il la lui donner ce soir pendant le dîner ou le lendemain matin au réveil ? Qu'est-ce qui serait le plus romantique ? Il n'en avait aucune idée. Peut-être ce soir, avec le champagne. Des saphirs et des bulles...

Il tapa la combinaison, sourit en entendant le déclic familier et ouvrit la porte de son coffre.

Dix minutes plus tard, lorsqu'une Dorothée Cornet pomponnée des cheveux aux orteils pénétra dans le bureau, elle trouva son mari avachi dans son fauteuil. Il fixait le lustre d'un regard vide.

– René, qu'est-ce qui se passe ? Tu es pâle comme un linge.

Son mari ne lui répondant pas, elle insista :

– Tu te sens mal ? Tu veux que je téléphone au docteur Raynard ?

Incapable de lui répondre, René Cornet lui indiqua le coffre du doigt. Dorothée Cornet se pencha pour regarder à l'intérieur.

Le coffre était vide.

Affreusement vide.

Les dix commandements

Intriguée par son histoire, j'ai poursuivi Lucas jusque dans sa chambre.

À peine entré, mon frère s'est affalé sur le lit, a écarté les bras et renversé sa tête sur l'oreiller dans une imitation surjouée de saint Dismas sur la croix. Histoire de signifier à Dieu et au saint patron des voleurs que vraiment, la vie d'un ado, c'est le martyre.

Certes, papa l'avait engueulé et traité d'amateur, mais il fallait reconnaître que Lucas avait fait fort.

Il avait réussi en une seule virée à enfreindre quatre des dix commandements qui, d'après la légende familiale, avaient été établis il y a des siècles et des siècles par notre arrière-

arrière-arrière-arrière-arrière-grand-père (et qui expliquent pourquoi aucun membre de notre famille n'a jamais tiré la carte « Allez en prison » au Monopoly de l'esbroufe) :

1. Tu n'utiliseras jamais d'armes.

2. Tu ne travailleras jamais en solo.

3. Tu prépareras ton plan
dans les moindres détails.

4. Tu ne voleras point de modestes gens.

5. Tu ne solliciteras l'aide
d'aucune tierce personne sans l'accord unanime
des membres de la famille.

6. Tu partageras toujours la recette
en parts égales.

7. Tu ne révéleras jamais à quiconque
les noms de tes complices.

8. Tu ne vandaliseras jamais
les logements que tu visites.

9. Tu écouleras les objets que tu as dérobés
sans jamais rien conserver.

10. Tu reverseras 50 % de tes gains à des œuvres
de charité (notre impôt sur le revenu à nous).

Bien sûr, ces commandements n'ont rien à voir avec les autres recommandations d'usage comme :

– Ne pas s'éterniser. Certaines alarmes sont silencieuses. Rarement il est vrai, toutefois ce sont souvent ces dernières qui conduisent des cambrioleurs chevronnés derrière les barreaux. Parce que si, quand une alarme vous hurle de quitter les lieux, vous continuez à visiter la maison sans sourciller, vous avez intérêt à vous trouver une autre profession. Vite. Très très vite.

– Porter des gants ou, si vous avez une prédilection pour le travail à mains nues, effacer chaque trace de votre passage au fur et à mesure. Il suffit de regarder *Les Experts* pour comprendre pourquoi.

– Ne délivrer les propriétaires que de leurs OTRIR (Objets Transportables, Revendables, Intraçables et Rentables).

– Et cætera, et cætera.

Le B.A.-BA du parfait cambrioleur, quoi !

Je me suis assise sur le lit à côté de Lucas et je me suis lancée :

– Qu'est-ce qui t'a pris ?

Mon frère s'est aussitôt relevé et m'a foudroyée du regard.

– Tu ne vas pas t'y mettre toi aussi ! J'ai repéré une super baraque. Je me suis glissé à l'intérieur. J'ai allégé le coffre. Point final. Pas de quoi pondre une thèse en trois tomes sur l'art de la cambriole !

– Et c'est tout ?

– Quoi c'est tout ?

– Tu n'as pas inventorié le reste de la maison ? ai-je précisé.

– Non. J'ai trouvé le coffre, vidé le coffre, fermé le coffre et je me suis évanoui dans la nuit. Sans oublier de refermer le verrou de la porte d'entrée derrière moi. La petite touche du pro, a-t-il fanfaronné.

– Hum… ai-je hésité.

– Hum quoi ? s'est agacé Lucas.

– Pourquoi as-tu emporté les carnets noirs ? Tu sais bien qu'il ne faut jamais subtiliser de trucs perso.

– J'en sais rien. J'ai pas réfléchi. J'ai… J'ai… improvisé, a reconnu Lucas.

Improvisation rimant avec prison, c'est un acte que nous autres, voleurs, évitons de commettre. Si possible.

– Et tu n'as rien pris d'autre ? ai-je insisté.

Lucas m'a regardée droit dans les yeux en effleurant son sourcil gauche du doigt avant de m'assurer :

– Non.

– Qu'as-tu embarqué d'autre ? ai-je rétorqué, sachant que tripoter son sourcil gauche est le signe, chez Lucas, de la création imminente d'un mensonge patenté.

– Hein ? Quoi ? Mais rien ! C'est pas possible ! Personne ne me fait donc confiance dans cette putain de famille de merde ! s'est énervé mon frère.

– Lucas... ai-je murmuré.

Mon frère a soupiré.

– Lucas... ai-je répété.

– OK. Une bague. Sertie de pierres bleues, a-t-il craqué. Voilà, t'es contente ? De toute façon, une bague de plus ou de moins, je ne vois pas ce que ça change.

– Et pourquoi papa ne l'a-t-il pas trouvée sous ton lit avec le reste du butin ?

– Parce qu'elle n'était plus là.

– Plus là ? Que lui est-il arrivé ? Elle a pris ses pierres à son anneau avant de s'envoler en fumée ?

– Je l'ai offerte. À Vic. Hier, a fini par avouer Lucas.

Ainsi, la fameuse bague avait rejoint les doigts décharnés de Victoire, la maigrissime nouvelle petite amie de mon frère.

Depuis que Lucas avait rencontré cette fille sur la plage quinze jours plus tôt (je le sais, je les observais depuis la jetée), il avait changé.

Il faisait le mur tous les soirs.

Il traînait en boîte jusqu'à pas d'heure.

Il ne parvenait plus à se lever pour participer à notre SMF (Séance de Maintien en Forme) quotidienne (une demi-heure de jogging – afin d'entretenir notre souffle et notre vélocité – et une demi-heure de taï-chi – pour la souplesse et la force intérieure) à laquelle j'avais décidé d'ajouter, spécialité manuelle oblige, quelques exercices d'assouplissement de mes doigts et de mes poignets.

Et maintenant, cerise sur le magot, il avait offert à une parfaite inconnue, dont le père ou la mère pouvait très bien être flic, juge ou je ne sais pas quoi d'autre de flippant, une preuve étincelante de son délit.

Heureusement, mon père n'était pas au courant.

Pour l'instant...

– Tu ne répéteras rien à papa, hein ? m'a-t-il soudain suppliée comme s'il maraudait dans mes pensées.

J'ai grappillé quelques secondes pour savourer la situation, mon grand frère avait besoin de moi, avant de céder :

– Croix de bois, croix de pissenlit, si j'mens j'vais au paradis !

Lucas a esquissé un sourire avant de se laisser à nouveau tomber sur son lit et de reprendre sa pose de martyr.

N'ayant plus rien à ajouter, je me suis faufilée hors de sa chambre. Son histoire de bague sur les talons.

Je me suis arrêtée dans le couloir pour y penser.

Après réflexion, je ne voyais pas trop ce que ça changeait d'avoir enfreint un énième commandement.

Je me trompais.

Complètement.

Remises en question

Dorothée Cornet était depuis longtemps partie se coucher abandonnant son mari à ses élucubrations. Ce dernier était si épuisé qu'il serait bien monté la rejoindre. Toutefois il savait qu'il ne parviendrait pas à dormir.

Il ne cessait de ressasser l'incident et les points d'interrogation se bousculaient sous son crâne.

Qui ?

Quand ?

Comment ?

Pourquoi ?

Qui avait pu pénétrer chez eux et ouvrir le coffre sans qu'il s'en rende compte ?

Des professionnels. Une évidence. Ils n'avaient laissé aucune trace de leur passage. S'il ne l'avait pas ouvert ce soir, Dieu sait quand il aurait constaté la disparition de son contenu.

Quand ?

Mardi dernier, lorsqu'il avait rangé la bague dans son coffre, rien ne manquait.

Depuis, ils n'avaient quitté la maison qu'un seul soir. Vendredi. Pour se rendre au vernissage de l'exposition d'un artiste dont il n'appréciait pas particulièrement les grandes toiles recouvertes de figures géométriques peintes dans des couleurs criardes.

Mais bon, ses œuvres et leur auteur fascinaient Dorothée. Il avait d'ailleurs hésité à lui offrir un de ces tableaux plutôt qu'une bague pour leur anniversaire de mariage. Cependant, à l'idée de tomber régulièrement sur cette « chose » dans la maison, il avait opté pour le bijou.

Bijou aujourd'hui envolé.

Comment avaient-ils trouvé la combinaison ? Comment étaient-ils parvenus à verrouiller ensuite la porte d'entrée derrière eux ? Peu importe !

La seule question qui s'imposait était : pourquoi ?

Les cambrioleurs ne s'étaient intéressés qu'au contenu du coffre. Ils n'avaient rien emporté d'autre. Ni bijoux, ni tableaux, ni argenterie.

Il était clair qu'ils étaient venus pour les carnets noirs. La bague, l'arme et l'argent leur avaient tenu lieu de pourboire.

Comment avaient-ils eu vent de leur existence ? Et surtout comment savaient-ils que ces objets séjournaient provisoirement chez un humble notaire de province qui ne s'occupait même pas des affaires de leur propriétaire ?

Il n'en avait pas la moindre idée.

Une seule chose lui paraissait limpide : ils savaient.

Et cette réponse entraînait une dernière question. L'ultime. La fatale. Devait-il en informer le Crotale ?

Il avait composé plusieurs fois son numéro depuis qu'il s'était rendu compte de la disparition des précieux carnets, mais, à chaque fois, il avait raccroché avant d'entendre la sonnerie.

La règle était claire : ils n'étaient pas censés se connaître. Il ne devait donc jamais lui téléphoner.

Sous aucun prétexte.

Toutefois la situation avait changé et il ne savait plus à quel principe se vouer.

La nuit porte conseil, promettait le dicton.

Peut-être…

Peut-être pas…

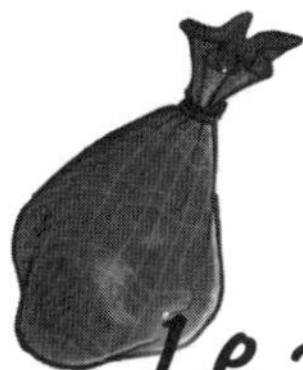

Le plan A

Quand je suis entrée dans la cuisine, Chris engloutissait bruyamment son biberon dans les bras de ma mère pendant que mon père préparait le café.

Je me suis installée à table après avoir déplacé la pile de journaux qui encombrait ma chaise. Personne ne pipant un mot, j'ai préféré m'atteler à la délicate opération de beurrage d'une biscotte.

Quelques minutes plus tard, Lucas a déboulé. Pour la première fois depuis le début des vacances, monsieur avait réussi à s'extraire de son lit avant 10 heures et nous faisait donc l'insigne honneur de se joindre à nous pour le petit-déj.

Dès qu'il l'a vu, mon père a retrouvé l'usage de la parole :

– J'ai passé la nuit à chercher une solution pour réparer la bourde de Lucas, a-t-il lancé en s'asseyant face à nous.

Mon frère a haussé les épaules et attrapé le sucrier sans lever les yeux.

– Et tu as trouvé une idée ? lui ai-je demandé même si je me doutais de la réponse.

J'avais entendu mon père discuter avec ma mère jusqu'à minuit passé la veille au soir. Quand il avait cessé d'arpenter le salon, j'avais soupçonné que les premières esquisses d'un plan s'étaient dessinées à l'horizon.

– Oui, enfin... je crois. Je dois m'assurer d'une dernière chose, m'a répondu mon père avant de se tourner vers Lucas. Tu as pensé à refermer la porte par laquelle tu étais entré en sortant ? À clé, j'entends...

– Pour qui tu me prends ? Un amateur ? Bien sûr que j'ai verrouillé la porte, a rétorqué mon frère en glissant trois sucres dans son café.

Mon père a poussé un profond soupir avant de reprendre :

– Avec un peu de chance, le propriétaire du coffre ne s'est encore aperçu de rien. J'ai relu de fond en comble les quotidiens des deux derniers jours. Aucun article ne rapporte de cambriolage dans la région. Il n'y avait aucune mention dans le journal de ce matin non plus. Donc si on restitue tout rapidement…

– Tout restituer ? Comment ça tout restituer ? l'a coupé Lucas en levant enfin les yeux vers lui.

– Qu'est-ce que tu ne comprends pas dans cette phrase ? s'est agacé mon père. C'est pourtant simple. Après réflexion, ta mère et moi avons abouti à la conclusion que le seul moyen de ne pas avoir d'ennuis était de remettre l'intégralité des objets que tu as dérobés dans le coffre. Tu t'imaginais quoi ? Qu'on sablerait le champagne et qu'on partirait en vacances aux Maldives avec le fric ? Tu as pensé aux carnets ?

– Mais pourquoi fais-tu une fixette sur ces foutus carnets ? Je vois pas ce qu'ils ont de si spécial, a grommelé Lucas.

– Bon Dieu, ce gosse va me rendre fou, a affirmé mon père en lançant un regard désespéré à ma mère avant de le planter à nouveau sur Lucas. Tu n'as toujours pas compris ?

– Compris quoi ? Je les ai feuilletés, figure-toi, et je pige vraiment pas ce que…

Mon père s'est levé brusquement, a disparu de la cuisine avant de revenir, quelques secondes après, les carnets dans les mains.

– Regarde ! a-t-il ordonné à mon frère en lui indiquant une page du doigt. Tu vois quoi, là ?

– Ben, des noms et des chiffres à côté.

– Et ? l'a encouragé mon père.

– Ben, je sais pas. On dirait des comptes. Comme ceux que tu tiens après chaque coup... a hasardé Lucas.

– Exactement. Et cela ne t'évoque rien ? a insisté mon père.

– Ben... Ça ressemble à une liste de gens à qui le type des carnets devait ou a donné du fric, a continué Lucas.

– En effet ! Et d'après toi, pourquoi il aurait caché ces carnets dans un coffre, le type en question ?

– Parce qu'il y a un truc louche derrière, a soudain réalisé Lucas.

– Hip, hip, hip, hourra ! s'est exclamé mon père en levant les bras. Notre fils a un cerveau.

Ma mère a déposé Chris dans son couffin et nous a rejoints à table avec son bol de café au lait.

– Ce truc louche, comme Lucas le qualifie, votre père et moi pensons qu'il s'agit de pots-de-vin, nous a-t-elle expliqué.

– Qu'est-ce que vous en savez ? a grogné mon frère.

– Rien. Seulement des noms plus de l'argent plus des secrets, c'est souvent synonyme de dessous-de-table, a-t-elle résumé.

– Des bakchichs en échange de quoi ? me suis-je interrogée à voix haute.

– Aucune idée, a-t-elle reconnu. Et c'est préférable. Dans ce genre d'affaires, moins on en sait, mieux on se porte. La seule chose qui importe est de se débarrasser de ces carnets avant que celui qui les a rédigés ne s'imagine qu'on a découvert quelque chose justement.

– Mais papa a affirmé qu'aucun vol de ce type n'avait été rapporté par les journaux, donc que le proprio n'avait pas encore découvert le pot aux épines, ai-je rappelé.

– Hum… a hésité ma mère. On n'en est pas certains à 100 %. Il a peut-être jugé plus pertinent de ne pas impliquer les flics dans son histoire.

J'ai jeté un œil à Lucas. Il se tortillait tel un ver de terre sur sa chaise.

– Donc voilà le plan, a repris mon père. On observe la maison ce soir à la nuit tombée. En attendant, on se renseigne sur le proprio. Qui est-il ? Que fait-il ? Combien de personnes habitent dans cette maison ? Et cætera. Dès que nous aurons déterminé avec précision quand les habitants seront à nouveau absents, nous nous glisserons à l'intérieur pour remettre le coffre en état.

– Mais ça risque de prendre du temps, ai-je remarqué.

Mon père a soupiré.

– Tu as raison, sweetie. Seulement, ainsi que je vous l'ai maintes fois répété, avant d'enclencher la moindre opération, même s'il s'agit d'une simple restitution, nous nous devons de tout border. Il est hors de question d'improviser. Car improvisation... a-t-il commencé.

– ... rime avec prison, ai-je achevé.

– Exact ! Et puis je suis persuadé que si nous y mettons tous du nôtre et procédons avec célérité, a-t-il poursuivi en coulant un regard averti à Lucas, d'ici quelques jours ledit coffre sera remplumé et cette affaire réglée. Définitivement.

Lucas est alors sorti de sa léthargie.

– Et pour le fric ? Il y en a un paquet. Si on en gardait un peu ? a-t-il tenté.

– Non, l'a rabroué ma mère.

– Même pas un petit billet de 500 ? s'est-il entêté.

– Ta mère t'a répondu. On rend tout. Au centime près. Le but est de faire comme si rien n'avait jamais eu lieu. Pas de vol, pas d'embrouille. Tu n'as rien dépensé, j'espère ? s'est soudain alarmé mon père.

– Non, non... a marmonné Lucas.

– Bon, alors c'est réglé. On se renseigne sur les faits et gestes des habitants de ce manoir pendant la journée et on se retrouve ici ce soir à 18 heures tapantes pour échanger nos informations et préparer notre expédition de repérage. Des questions ?

Oui, une question me brûlait la langue. Toutefois j'ai préféré me taire. J'avais promis à Lucas de ne pas en parler. N'empêche, cette histoire de bague me tracassait. Si elle manquait à l'appel, le propriétaire du coffre comprendrait vite qu'elle ne s'était pas volatilisée par ses propres moyens. De là à en déduire que son nouveau propriétaire avait également feuilleté les carnets, il n'y avait qu'une pierre. Précieuse.

Lucas et moi devions la récupérer.

Le plus tôt possible.

Bon, on pouvait quand même attendre la fin du petit-déjeuner. Mieux valait réfléchir le ventre plein.

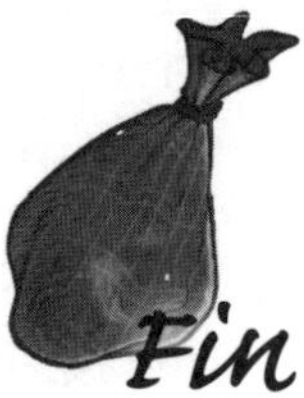

Fin de non-recevoir

Le vieil homme observait maître Cornet d'un air ennuyé. Qu'est-ce qui clochait ?

Il était pourtant persuadé d'avoir apporté l'intégralité des pièces requises. De toute façon, le notaire n'avait pas pris la peine de jeter un œil à ses documents.

Ce n'était pas son dossier le problème. C'était son notaire.

Il s'en doutait depuis un certain temps...

Dès leur premier rendez-vous, il avait pressenti que ce type n'était pas clair. Trop jeune. Trop propre sur lui. Trop parfait.

Il regrettait son ancien tabellion, maître Leclourne. Lui au moins ressemblait à un officier ministériel avec ses lunettes en demi-lune, ses cheveux gris et son ventre bedonnant.

Mais voilà, il l'avait lâché. Leclourne était mort d'une crise cardiaque, sans prévenir, et il avait dû chercher un autre notaire pour s'occuper de ses affaires. Pas seulement un notaire d'ailleurs, puisque son médecin avait lui aussi décidé de mourir sur un coup de tête, l'abandonnant à ses rhumatismes et ses allergies.

Une véritable épidémie !

S'il y avait bien une chose qu'il avait toujours détestée, c'était le changement. Or, plus il vieillissait, plus ses habitudes étaient bouleversées.

Voilà pourquoi il avait décidé de léguer sa propriété à sa fille unique. Pour ne plus avoir à y penser. Une fois cette donation réalisée, il appartiendrait à sa fille d'ergoter avec les individus qui frappaient régulièrement à sa porte pour lui acheter la maison de sa vie en évoquant le projet de rénovation du quartier et les formidables gains financiers qu'il serait susceptible d'en tirer.

Qu'est-ce qu'ils croyaient ? Qu'il était aveugle ? Sénile ? Comme s'il n'avait pas remarqué les affiches dont ils avaient décoré le quartier. Le promoteur qui figurait dessus ne lui revenait pas non plus d'ailleurs avec ses yeux bleus délavés et son sourire de commercial.

Il se doutait qu'un énergumène dans son genre, une fois sa maison en sa possession, la détruirait et la remplacerait par un immeuble de « standing » dont il revendrait ou louerait les appartements à prix d'or.

Ils pouvaient augmenter leur offre tant qu'ils le souhaitaient. Ils pouvaient continuer à lui envoyer des escadrilles d'agents immobiliers au physique de repris de justice pour l'intimider. Jamais il ne vendrait ! Il s'était promis de mourir dans cette maison et il avait toujours été un homme de parole.

Le téléphone sonna et maître Cornet sursauta. Bon, tant pis, se décida le vieil homme, il allait devoir changer une nouvelle fois de notaire.

Celui-là avec ses nerfs en capilotade et ses épaules de femmelette ne convenait vraiment pas.

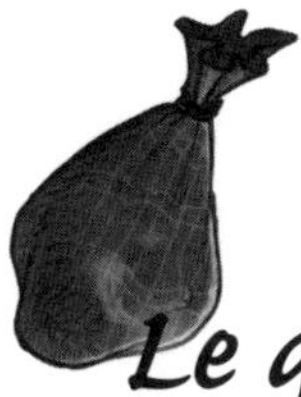

Le grain de pierre

Dès que Lucas s'est levé de table, je l'ai suivi.

– Qu'est-ce que t'as à me talonner comme ça ? Tu me fliques ou quoi ? s'est-il écrié en se tournant vers moi. Si tu crois que je n'ai pas repéré ton petit manège depuis qu'on est arrivés.

Moi qui avais cru qu'il n'avait rien remarqué, j'en prenais pour mon grade. Jusqu'à cette allusion, j'avais pensé être plutôt efficace. Au point d'espérer hériter d'ici peu du second surnom de Pieds Légers. Pas gagné !

Je bénéficiais toutefois d'une circonstance atténuante. Mon frère n'était pas le commun des mortels. Il me connaissait et je n'avais pas poussé la vertu jusqu'à me déguiser.

Pour saborder l'air narquois avec lequel il m'observait, j'ai lâché ma bombe. Sans préavis.

– Je voulais discuter de la bague avec toi…

– Quoi la bague ? Tu n'en as pas parlé à papa, j'espère ? m'a-t-il renvoyé d'un ton menaçant.

– Je ne suis pas une balance, me suis-je offusquée. Le problème n'est pas là. Le problème c'est que, d'après le plan, on doit rendre tout ce que tu as piqué. T.O.U.T. Bague comprise.

Mon frère ne réagissant pas, j'ai poursuivi :

– T'imagines si le mec ouvre son coffre et ne la trouve pas !

– Il va comprendre que quelqu'un est passé par là, a-t-il réalisé.

– En effet.

Mon frère s'est assis sur son lit et m'a proposé de l'y rejoindre en tapotant l'espace libre à côté de lui. Je n'ai pas pu me retenir de sourire. Les affaires reprenaient. Enfin !

– D'un autre côté, il ne saura jamais qui est à l'origine de sa disparition, a-t-il tenté de se rassurer.

– T'es sûr ? Tu l'as offerte à ta nana, la bague, pas liquidée chez un receleur. Suppose qu'il l'aperçoive à son doigt, ai-je objecté.

– Comment saurait-il que c'est la sienne ? Il doit y en avoir des centaines, des bagues comme celle-là.

– Hum… On n'en sait rien. Peut-être a-t-elle été réalisée spécialement pour quelqu'un ? Tu as vérifié à l'intérieur ?

– À l'intérieur ? a répété Lucas.

– Ouais, pour t'assurer qu'il n'y avait pas d'inscription.

– Ben, j'y ai pas pensé, a-t-il reconnu d'un ton ennuyé.

Décidément, depuis quelque temps (traduction : depuis qu'il avait remporté cette nouvelle « Victoire »), la non-pensée était devenue le passe-temps favori de mon frère aîné et son QI semblait avoir diminué de moitié. Je ne sais plus qui a suggéré que le mot « idylle » commençait par idiot et finissait par imbécile, mais Lucas en était la preuve vivante.

– Si, par le plus infâme des hasards, le type l'apercevait au doigt de Vic, ça m'étonnerait qu'il la lui arrache pour regarder dedans, s'est-il défendu.

– Mouais. Tu as probablement raison, ai-je reconnu d'une voix hésitante.

Mon frère a froncé les sourcils. Un doute le tenaillait. Enfin !

– Sauf qu'on ne sait jamais, c'est ce que tu penses, hein ? Il pourrait croiser Vic n'importe où et reconnaître sa bague en une fraction de seconde.

– En effet. En plus, Victoire n'est pas franchement miss Discrétion. L'autre jour, elle et ses copines se pavanaient au café en prenant des photos les unes des autres avec leurs portables. À chaque fois, ta petite amie exhibait sa main droite devant l'appareil. Je n'ai pas trop compris pourquoi sur le moment, mais maintenant...

– Parce qu'elle aussi, tu la fliques ? s'est exclamé mon frère.

– Elle, toi, la ville entière... ai-je relativisé.

Lucas n'a pas insisté. Peut-être culpabilisait-il de m'avoir abandonnée cette année.

– Hum... Qu'est-ce que tu suggères alors ? De la lui reprendre ?

– Ça réglerait le problème à peu de frais, ai-je remarqué.

– Ça, c'est toi qui le dis. Je vais passer pour quoi, moi, aux yeux de Vic ? Déjà qu'il y a ce vieux beau de vingt-cinq balais avec sa décapotable qui n'arrête pas de la draguer. Si je lui reprends la bague, elle risque de me plaquer, a soupiré Lucas.

J'ai préféré ne pas lui avouer ce que ce genre d'attitude laissait présager pour l'avenir de sa grande histoire d'amouuuur.

– T'as qu'à lui en offrir une autre, ai-je suggéré.

– Tu rigoles ? J'ai pas assez de fric pour acheter un bijou de ce calibre. Et puis, une autre cambriole, là avec les parents, je le sens pas trop.

– Je ne te parlais pas de soulager une bijouterie. Je pensais plutôt à une fausse, lui ai-je expliqué.

– Une fausse ? a-t-il répété.

J'ai poussé un grand soupir. Lucas était vraiment lent à la détente ce matin.

– Une imitation, ai-je traduit. On pourrait téléphoner à grand-père. Je suis certaine qu'il aurait une bonne adresse à nous refiler.

– Tu veux faire reproduire la bague à l'identique ? s'est étonné mon frère.

– Non. On n'a pas le temps, pas le modèle et pas les moyens. Mais pourquoi ne pas échanger la bague contre un autre bijou qui plairait à ta copine ?

– Victoire va se rendre compte que c'est du toc, a protesté Lucas.

– Franchement, ça m'étonnerait. Elle n'a pas la tête d'une spécialiste ès pierres précieuses si tu veux mon avis.

– Non, non, a reculé Lucas. Je ne peux pas. Je la lui ai offerte. En plus, si on téléphone à Alistair pour lui demander un truc pareil, il appellera maman illico et alors bonjour, l'engueulade.

Lucas avait raison. Jamais notre grand-père ne nous filerait un tuyau de ce calibre sans poser de questions et, à défaut de réponses, il bigophonerait à sa fille chérie pour se renseigner.

On était coincés. Lucas devait convaincre Victoire de lui restituer l'objet du délit.

– Bon, a-t-il fini par céder. Je vais devoir la lui reprendre.

– J’en ai peur, ai-je compati.
– Et si elle refuse ? s’est-il soudain inquiété.
– Dans ce cas, on emploiera la méthode douce, lui ai-je répondu en faisant voleter mes doigts devant moi d’un air entendu.
Lucas a esquissé un sourire. Il était comme moi, il avait l’escamotage dans le sang.
– Bon, écoute, on essaye d’abord à la cool. Si ça ne marche pas, je te laisse le champ libre, m’a-t-il proposé.
– OK.
– Seulement attention ! Hors de question que tu m’accompagnes pendant que je discuterai avec Vic. Tu resteras en retrait. Elle me branche cette nana, alors pas la peine de me griller.
J’ai poussé un grognement désabusé.

Qu’est-ce que Lucas pouvait-il bien trouver à cette fille ? Certes elle était super jolie mais à part ça… Elle ne paraissait s’intéresser qu’aux sorties, aux fringues et à la bronzette. Pas vraiment la conquête du siècle. D’autant plus que j’étais persuadée que, derrière son sourire enjôleur, se dissimulait une manipulatrice aux crocs acérés.
J’ai toutefois préféré garder ces soupçons pour moi. Lucas m’aurait une nouvelle fois accusée d’être jalouse. Comme l’année der-

nière, quand je lui avais offert mon avis sur sa dernière copine en date (une évaporée aussi insipide qu'un coup à blanc).

Jalouse ? On se demande de quoi ? Certes, je n'ai toujours pas trouvé serrure à ma clé. Et alors ?

Contrairement à mon frère, je préfère viser un peu plus haut. Et un peu plus près. Mon rêve est de rencontrer quelqu'un à qui, à l'instar de ma meilleure amie, je pourrais avouer la vérité. Toute ma vérité.

Ainsi que l'affirme mon père, il est préférable de ne pas mélanger les torchons et les serviettes.

Même si elles sont en dentelle.

– Si tu veux, ai-je fini par abdiquer.

– Bon... Elle doit encore être au lit à cette heure, m'a-t-il assuré en jetant un coup d'œil à sa montre qui, comme la mienne, affichait 11 heures passées. Le mieux est de partir en début d'aprèm. En attendant, je vais gamberger. Histoire de composer une explication plausible et de ne pas la braquer.

Parfait ! Ça me laissait le temps d'effectuer des recherches sur le Net d'ici le déjeuner.

Sans choix ni loi

Depuis le coup de fil du bijoutier, René Cornet était convaincu qu'il ne pouvait plus y couper. Il devait informer le Crotale de la disparition de ses carnets.

Il avait envoyé balader le vieux et sa donation sous un prétexte bidon : une migraine fulgurante. Ce dernier était reparti furieux et il avait probablement perdu un client. Tant pis. De toute façon, il ne travaillait plus que pour la galerie.

Durant des années, il avait été enseveli sous des dossiers sans intérêt, contraint d'écouter sans broncher les jérémiades de milliers de petits vieux comme ce dernier. Il n'y avait que ça dans cette ville du sud de la France. Des retraités.

Il avait fourni des efforts incommensurables pour des honoraires laissant à désirer et encore... quand ses clients payaient. Certains mouraient avant même d'avoir réglé la note et il devait alors négocier avec leurs héritiers. Un comble !

Ce n'était pas une vie. Pas pour lui en tout cas.

Heureusement, le hasard l'avait conduit à croiser la route du Crotale et de nouvelles perspectives financières s'étaient faufilées devant lui.

Si les choses se déroulaient tel qu'initialement prévu, il pourrait lever bientôt le pied et glisserait enfin la clé sous la porte de son étude.

Il rembourserait la lourde hypothèque qui grevait le manoir que ses parents lui avaient légué – une propriété coûteuse à entretenir – et le vendrait pour s'installer avec Dorothée dans une magnifique demeure sarde qu'il convoitait depuis des années.

Ils y vivraient *happily ever after*. Comme dans les contes de fées.

À force de réflexion, maître Cornet était parvenu à se rassurer. Dès qu'il l'aurait mis au courant, l'homme au surnom venimeux arrangerait les choses. Il avait de nombreuses relations dans la région et sa survie en dépendait.

Maître Cornet salua Myriam, sa secrétaire, sortit de son cabinet et se dirigea d'un pas confiant vers la cabine téléphonique située à l'angle de la rue.

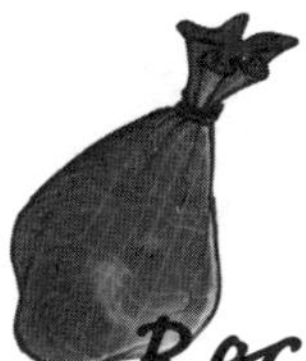

Recherche bague désespérément

Lucas est venu me chercher dans ma chambre en début d'après-midi. Nos parents étaient sortis avec Chris. Avant de quitter la maison, j'ai déposé un mot sur la table basse du salon avec les renseignements que j'avais glanés sur Internet.

↳ Le manoir que Lucas avait visité était habité par un certain René Cornet et sa femme Dorothée Cornet.

↳ René Cornet exerçait (a priori) la profession de notaire puisqu'il existait en ville, au 16 avenue des Lilas, une étude portant son nom. Quant à sa femme, impossible de savoir si elle travaillait ou non. Mon instinct penchait toutefois pour le non.

↳ D'après une photographie prise à la mairie lors d'un gala de charité (pêchée sur le site d'un journal du coin), ils frôlaient la quarantaine.

↳ Ils n'avaient pas d'enfants ou, si tel était le cas, ces derniers n'apparaissaient dans aucun moteur de recherche. Ils étaient peut-être trop jeunes ou gravement allergiques aux réseaux sociaux (des mutants quoi !). Le seul Cornet de moins de vingt ans dont j'avais débusqué la trace électronique avait quinze ans et vivait en Martinique.

N'étant pas encore un as du craquage de codes, je n'avais pas pu dénicher d'autres infos. Mais, si je continuais à m'exercer, je ne désespérais pas de devenir un jour un hacker digne de ce nom et d'accéder à de plus croustillantes données sur nos « cibles ».

Pendant notre trajet jusqu'au centre-ville, Lucas et moi n'avons pas échangé un mot. Il faut souligner que notre répartition géographique (moi trottinant à trois mètres derrière lui comme il l'avait exigé) ne facilitait pas la discussion.

Quand nous sommes arrivés sur la jetée, Lucas a immédiatement repéré sa dulcinée.

Rien à voir avec *Les Yeux de l'amour*. Certes la plage était luisante de monde mais pas besoin d'être Clint Barton (aka Œil-de-Faucon) pour y débusquer une grande maigre en micro-bikini rose fluo riant aux éclats et secouant ses cheveux châtains dans tous les sens. Surtout qu'elle était postée, à deux centimètres près, à la même place que les quinze après-midi précédents.

Alors que mon frère descendait les marches pour la rejoindre, je me suis assise sur un banc face à la plage pour les observer. Baiser gluant, sourire ultra-dents, puis grands mouvements des bras (pour les deux) et frottage intensif du sourcil gauche (pour Lucas). Du haut de ma loge, j'ai eu un mauvais pressentiment.

Je me suis reprise. Inutile de flipper dans le vide. Il était normal que Victoire n'ait pas très envie de rendre la bague, mais elle finirait par se rendre à l'évidence. Voilà ce que je m'évertuais à me répéter quand le retour d'un Lucas essoufflé et nerveux a catapulté ma méthode Coué aux oubliettes.

– C'est la merde, Ash, m'a-t-il lancé dès qu'il m'a eu rejointe.

– Elle refuse de te rendre la bague ? en ai-je déduit.

– Pire. Elle ne l'a plus.

– Elle l'a perdue ?

– Non, non, elle l'a vendue. À un bijoutier. Elle glissait de son doigt parce que l'anneau était trop large. Quand le bijoutier lui a annoncé ce que la bague valait et combien cela lui coûterait pour la faire ajuster, elle a décidé de la lui céder. Hier.

– Un dimanche ? ai-je douté.

– J'imagine que la boutique est ouverte le dimanche. Je ne vois pas pourquoi elle m'aurait pipeauté, a affirmé Lucas.

L'aveuglement amoureux n'étant pas contagieux, je voyais assez bien pourquoi, moi. Pour ne pas lui restituer la bague ! Mais bon, c'était sa copine, son histoire d'amouuuur et je n'étais sûre de rien, aussi j'ai préféré lui demander :

– Tu as les coordonnées du bijoutier ?

– Ouais, m'a-t-il répondu en tendant sa main droite sur laquelle Victoire avait inscrit le nom et l'adresse de la précieuse boutique.

C'était déjà un exploit qu'elle ait réussi à glisser un stylo dans son micro-maillot, alors du papier…

– Let's go ! me suis-je écriée.

Lucas a glissé un regard de regret vers la plage et salué sa chérie du bras avant de coller sa main droite devant son oreille pour imiter un téléphone. Elle lui a renvoyé un OK en levant le pouce. Un vrai duo de mimes !

La bijouterie était fermée. L'écriteau collé sur la porte indiquait que de juin à septembre, *Dormor & fils* n'ouvrait que de 10 heures à 15 heures, dimanche inclus.

J'ai collé mon visage à la vitre pour étudier les lieux. À l'instar de toute bijouterie digne de ce nom, le rideau de fer ne me permettait d'apercevoir que des présentoirs en velours bleu aussi élégants que vides. J'ai toutefois rapidement repéré la petite lumière rouge qui clignotait au loin et nous signifiait que l'endroit était sous étroite surveillance. Il était exclu de récupérer la bague à l'occasion d'une banale visite nocturne. Nous devions trouver un autre moyen.

Lorsque je me suis retournée, Lucas était assis sur le muret du trottoir d'en face, la tête entre les mains.

– On n'aura pas la bague pour ce soir, a-t-il gémi quand je me suis approchée de lui.

– Ne t'inquiète pas ! me suis-je efforcée de le rassurer. Il s'agit seulement d'une mission de repérage. Ainsi que papa nous l'a expliqué ce matin, il est hors de question de tenter un coup pareil sans avoir analysé les lieux au préalable et s'être assuré que les proprios seront absents. La séance *Le Retour des dérobés* ne sera jamais programmée avant que nous ayons réuni les données nécessaires. Ça nous laisse donc un peu de temps...

– T'as raison ! s'est-il exclamé en se relevant d'un bond.

J'ai aussitôt regretté mon discours apaisant. Surtout lorsqu'il a cru bon d'ajouter :

– Dans ce cas, je file retrouver Vic. Et toi, t'as prévu quoi ?

Sous-entendu : puisqu'il est hors de question que tu te joignes à nous.

Mon arnaqueur de frère m'avait joué la partition du type transi d'angoisse pour mieux se débarrasser de moi.

J'étais furieuse.

La seule réplique que j'ai trouvée a été :

– N'oublie pas la réunion familiale de 18 heures !

Lucas a souri et m'a asséné un joyeux « Sans faute » avant de prendre ses jambes à son cou.

La contrariété me brouillant les sens, je suis rentrée à la maison.

Non sans opérer toutefois un petit détour par l'étude de maître Cornet.

Elle était située au cinquième étage d'un immeuble C&C (Chic et Cher). J'ai hésité à appuyer sur le bouton de l'interphone et à prétexter un rendez-vous bidon pour inspecter les lieux, puis j'ai changé d'avis.

Après tout, c'était la faute de mon imbécile de frère si nous nous trouvions dans cette situation. Et comment envisageait-il de réparer sa bourde ? En lézardant sur une plage avec une poupée aux jambes fuselées.

Pourquoi prendrais-je des risques pour ce pied nickelé de la cambriole qui me fuyait comme la police et n'avait d'autre but dans la vie que de glander ?

À compter de maintenant, j'allais faire comme lui.

Rien.

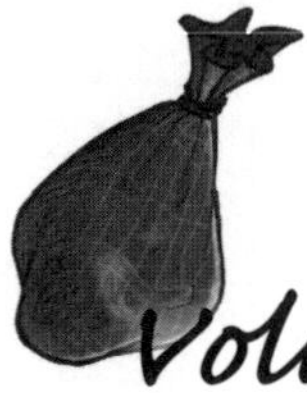

Volutes d’angoisse

René Cornet était avachi dans son fauteuil. Une cigarette à moitié consumée pendait au bout de ses doigts.

Il avait mis fin à cette funeste habitude cinq ans auparavant. Mais, en sortant de la cabine téléphonique, il avait ressenti un besoin si fulgurant de retrouver le goût amer de la nicotine sur sa langue qu’il s’était acheté un paquet au café du coin.

À son retour, il avait demandé à sa secrétaire d’annuler ses rendez-vous de l’après-midi et l’avait libérée pour le reste de la journée. Il avait besoin de silence pour réfléchir à sa conversation avec le Crotale.

Enfin conversation était un grand mot. Certes, il ne s'était pas attendu à un accueil chaleureux de la part de son interlocuteur, toutefois il n'avait pas envisagé que celui-ci serait aussi froid. Arctique pour être exact.

Le Crotale n'avait pas prononcé plus de deux phrases. Quand René Cornet lui avait expliqué que les carnets avaient disparu, il ne lui avait pas laissé le temps de s'expliquer et lui avait raccroché au nez sur un « À ce soir » qui sonnait comme une mise à mort.

Maître Cornet alluma une sixième cigarette et essaya de focaliser son attention sur sa future maison de Sardaigne, mais l'image s'évanouissait sans cesse de son esprit.

Telles les volutes de fumée vers le plafond de son bureau.

Mission repérage

23 heures !

Lucas et mon père étaient partis depuis plus d'une heure perpétrer leur tour de manoir et je commençais à être inquiète.

J'étais censée faire le guet, mais j'avais du mal à comprendre pourquoi, vu qu'il était clair que maître Cornet et sa femme étaient chez eux. Les lumières étaient allumées et surtout (ce premier élément pouvant être un leurre anticambrioleurs) leurs voitures étaient postées devant l'entrée et des ombres se mouvaient derrière les voilages d'une fenêtre ouverte au rez-de-chaussée.

Mon père et Lucas ne pouvaient donc pas commettre grand-chose d'autre que d'observer la demeure de l'extérieur et, même pour quelqu'un d'aussi pointilleux que le célèbre Mastermind, une heure me semblait un délai un tantinet trop long.

En les attendant, j'ai laissé mon esprit dériver. Il n'a pas navigué loin et a échoué chez *Dormor & fils*. Chaviré par cette histoire de bague.

Puisqu'il était impossible de la récupérer par des moyens gracieux, Lucas avait prévu de retourner le lendemain matin chez le joaillier et d'y racheter son erreur.

Victoire lui avait expliqué qu'elle lui avait cédé l'objet contre 300 euros. Un chiffre raisonnable d'après Lucas. Je partageais son avis. À un détail près. Ces 300 euros, mon frère ne les avait pas et il comptait sur les économies de sa sœur (aka moi).

C'était ma faute. Quand il m'en avait parlé, je n'avais pas pu m'empêcher de lui avouer que cette somme correspondait à quelques euros près (200 pour être honnête, mais l'honnêteté n'est pas ma principale qualité) à celle que j'étais parvenue à économiser (en me privant de nombreux plaisirs plusieurs mois durant) pour m'inscrire à des cours d'informatique à la rentrée. Lucas s'était rassuré à peu de frais. Les miens.

Toutefois, plus j'y réfléchissais, plus le prix offert par le bijoutier me paraissait dérisoire. Certes, je n'avais pas vu la bague en question. Toutefois, plusieurs éléments me conduisaient à penser qu'elle valait plus que 300 euros :

↳ Le manoir que j'avais sous mes yeux me renvoyait l'image d'une bague bien plus chère.

↳ Peu de gens prennent la peine de conserver dans un coffre un bijou de si faible valeur.

↳ La description de Lucas confirmait ces impressions. D'après lui, elle était sertie de saphirs de qualité et son anneau était en or blanc. Or, même si mon frère n'était pas diplômé en gemmologie, il avait suffisamment d'expérience pour ne pas confondre un bijou de prix avec une bague lambda.

Ainsi, soit Victoire lui avait menti (pour une raison connue d'elle seule), soit le bijoutier avait arnaqué cette dernière (pour une raison beaucoup plus évidente). Il devait appartenir à la sous-catégorie socioprofessionnelle des voleurs en col blanc. Ceux qui ne se salissent jamais les mains et ne s'attaquent qu'à moins riches qu'eux.

Si tel était le cas, il n'accepterait pas de nous revendre l'objet sans réaliser une marge. Conséquente !

Une heure sans nouvelles. Que fabriquaient-ils ? Avaient-ils décidé de pénétrer dans le manoir en présence des habitants ? Passe encore d'effectuer une visite de courtoisie si ces derniers avaient rejoint le pays des songes, mais tenter leur chance alors qu'ils étaient en pleine activité, ce serait une première !

Lorsque nous étions arrivés, j'avais été subjuguée. Nous avions franchi un portail en fer forgé entouré d'arbres massifs et avancé le long d'une allée de gravier bordée de buissons. À l'arrière, j'avais aperçu un jardin à la française, une piscine en forme de haricot et, au bout de l'allée, une puissante, terrienne, sublime bâtisse. Cette dernière retenait le regard avec ses escaliers en pierre, ses fenêtres palladiennes et ses balconnets pigeonnants.

En la découvrant, on ressentait une envie fulgurante d'y entrer pour vérifier si son ramage se rapportait à son plumage. Je comprenais mieux pourquoi Lucas avait craqué. Mon père aussi.

– Waouh, ça sent le poisson[1], avait-il observé, une lueur brillante dans les yeux.

À cet instant, j'aurais dû me douter de quelque chose. Quand mon père utilise des expressions étrangères pour exprimer sa pensée, il y a souvent fric-frac sous roche.

1. Expression islandaise signifiant « ça sent l'argent » ou encore « il y a de l'argent à se faire ».

Déjà, quand nous nous étions retrouvés à la maison à 18 heures, son humeur m'avait paru suspecte.

Il n'arrêtait pas de rigoler comme s'il avait avalé un clown et il s'était jeté sur son bleu de travail (pantalon noir, tee-shirt noir et baskets… noires) tel Chris sur son biberon. Un adjectif avait alors jailli dans mon esprit : heureux. Mon père respirait le bonheur retrouvé. L'idée m'avait effleurée qu'il me ressemblait. Il n'était pas bâti pour le farniente.

Un mois d'abstinence. Trente et un jours sans frisson. Sept cent quarante-quatre heures sans le moindre échafaudage de plan. C'était beaucoup trop.

Je savais qu'il aurait refusé, pour tous les butins du monde, de l'avouer.

Précepte estival oblige !

Mon impression s'était dissipée pendant le repas. Mon père avait retrouvé son calme et nous avions discuté de la plage et du beau temps en toute quiétude. Toutefois, alors qu'avant de partir nous vérifiions une dernière fois que nos montres affichaient bien la même heure, mes soupçons étaient remontés à la surface. Mon père avait demandé à Lucas de prendre son stéthoscope et il s'était saisi, au dernier moment, d'un de nos trousseaux de passe-partout.

– Au cas où, s'était-il justifié.

Au cas où quoi ? Le plan était d'observer les lieux, pas d'y pénétrer en présence des résidents. Mon père avait-il pété les plombs ? Ses expositions prolongées au soleil avaient-elles fini par cramer aussi sa prudence ? Lucas l'avait-il contaminé ?

Certes le temps pressait, mais ne nous avait-il pas rappelé pendant le petit-déjeuner qu'il était dangereux d'improviser ?

N'empêche. Chaque minute qui « s'écroulait » renforçait ma conviction. Lucas et mon père étaient entrés dans le manoir.

Et moi ? Qu'est-ce que j'étais supposée faire ?

Jouer à la plante verte pendant qu'ils s'amusaient ?

Rentrer à la maison et prévenir ma mère ?

Attendre sagement que les propriétaires réalisent qu'ils avaient des invités surprise et que les flics débarquent ?

La règle était de ne quitter sa planque que si un danger se profilait à l'horizon, sauf que les règles, ces derniers temps...

J'en étais là de mes réflexions quand j'ai entendu le vrombissement d'un moteur. Telle Pocahontas, j'ai collé mon oreille sur les graviers. Le sol tremblait. Pas de doute. Une voiture arrivait. Vu que le manoir était isolé et que je n'avais pas entendu le moindre bruit depuis plus d'une heure, j'en ai déduit qu'elle se dirigeait vers nous.

Je n'ai plus eu le moindre doute quand j'ai aperçu les lumières des phares approcher. J'ai lancé mon célèbre cri de chouette pour prévenir mes complices.

Enfant, je m'étais exercée pendant des jours et des jours pour le parfaire, ce qui n'était utile que si on tombait sur un spécialiste ès chants d'oiseaux, la plupart des gens étant incapables de différencier le hululement de la chouette du zinzinulement du colibri. Mais comme le rappelle souvent mon père, la prison est dans les détails.

Une voiture a surgi de l'obscurité et s'est garée face aux escaliers. Un homme est descendu du siège passager et a ouvert la portière à un individu installé à l'arrière. Un chauffeur plus un larbin ouvreur de portes ! C'était qui ce type ? Un prince saoudien ?

J'avais du mal à les distinguer dans l'obscurité. L'épaisse silhouette de l'ouvreur de portes est retournée s'asseoir à la place du mort pendant que celle, fluide, du prince grimpait les marches.

À peine a-t-il frappé à la porte du manoir que celle-ci s'est ouverte. L'homme qui se tenait devant lui devait être maître Cornet. Alors que le visiteur pénétrait dans les lieux, son visage s'est tourné vers la gauche. La lumière filtrant de l'entrée a éclairé quelques secondes son profil et un frisson m'a parcouru l'échine.

Ce visage émacié, ce nez aquilin, ce menton fuyant, ne m'étaient pas inconnus et, si l'homme à qui ils appartenaient n'avait pas porté des lunettes de soleil (en pleine nuit), je l'aurais identifié.

J'étais si concentrée que je n'ai pas entendu Lucas se glisser derrière moi.

J'ai failli pousser un cri lorsqu'il m'a lancé :

– C'est bon Ash, nous avons terminé notre inspection.

– Tu, tu... as vu ce, ce... type ? ai-je alors marmonné.

– Pourquoi tu bafouilles ? Tu flippes ou quoi ?

Comme je ne répondais pas, mon frère a soupiré avec une patience exagérée avant de se résoudre à me demander :

– Quel type ?

– Parle moins fort, l'ai-je rabroué pour reprendre contenance. Il y a des types dans la voiture. Ils pourraient nous repérer.

Lucas n'a pas relevé. Même si ma remarque n'avait aucun sens.

Le moteur de l'engin tournait toujours et avalait nos paroles. Pour profiter de la clim (peut-être) ou par habitude des départs précipités (plus vraisemblablement).

– Celui qui vient de pénétrer dans la maison, ai-je fini par répondre.

– Sûrement un invité des Cornet.

– À 23 heures passées ?

– Ben pourquoi pas ? Ce sont peut-être des couche-tard ces gens-là. Avec le fric dont ils disposent, ils peuvent s'en offrir des fiestas ! a-t-il ajouté avec une pointe d'amertume dans la voix.

– Mais tu ne trouves pas ça louche, toi ? ai-je insisté.

– Louche ? Non. Faire le guet dans le noir ne te réussit pas. Tu sursautes pour un rien et tu te bricoles des polars à deux balles. Méfie-toi, tu es en train de virer parano, ma pauvre Ashley ! m'a-t-il asséné d'un ton goguenard.

– Laisse tomber ! ai-je grogné en voyant mon père débarquer.

– Allez kiddos, let's go, a-t-il murmuré en se dirigeant vers les grilles.

Nous sommes sortis de l'enceinte du manoir sur la pointe de nos baskets.

Dans son sein

Le Crotale avait attendu que la nuit tombe pour se rendre chez maître Cornet. Bernie et Reggie, ses hommes de main, l'accompagnaient.

Il était rare qu'il fasse appel à eux de façon aussi ostentatoire car ils nuisaient à l'image de bon père de famille et de citoyen modèle qu'il s'évertuait à faire briller en société. Mais la visite de ce soir n'était pas de courtoisie et les deux porte-flingues faisaient partie de sa stratégie vis-à-vis du notaire. Même si ce dernier était certainement trop couard pour lui mentir et le faire chanter, pression était mère de sûreté. Bernie et Reggie n'avaient pas besoin de parler, leur présence suffisait à transmettre le message.

S'il entretenait encore des doutes quant à la bonne foi de maître Cornet, ils s'étaient volatilisés lorsque ce dernier avait ouvert la porte. Le visage du notaire semblait blanchi à la chaux et ses cernes noirâtres accusaient plusieurs nuits sans sommeil. Lorsqu'il lui avait serré la main un peu plus longtemps que de raison, René Cornet avait eu un involontaire mouvement de recul. Le Crotale avait été rassuré. Momentanément.

Le notaire ne serait pas difficile à manœuvrer.

Celui à l'origine du vol des carnets, en revanche…

Qui était-il ? Le Crotale était étonné que personne ne lui ait téléphoné pour discuter des disparus et tenter de les lui revendre. Étonné et inquiet.

Lorsqu'il avait croisé le notaire à un gala de charité parrainé par la mairie, il avait pensé avoir trouvé la planque idéale. Certains journalistes s'intéressaient d'un peu trop près à ses activités, surtout à son dernier projet immobilier. Des bruits circulaient quant aux moyens qui lui avaient permis de remporter l'appel d'offres organisé par la municipalité et d'obtenir certains permis de construire. Les rumeurs évoquaient des dessous-de-table et des individus bien placés. Lesdits individus s'étaient alors inquiétés de savoir s'il était possible de remonter jusqu'à eux.

– Aucun risque, leur avait-il assuré.

Ils l'avaient cru. Les imbéciles ! Qu'est-ce qu'ils s'imaginaient ? Qu'il leur avait versé des sommes astronomiques sans conserver d'assurance-liberté ? Depuis toujours, il consignait dans ces fameux carnets les noms et les montants versés.

Au départ, il avait envisagé de taper ces informations sur son ordinateur. Par commodité. Mais sa méfiance naturelle avait eu raison de cette idée. Il était de notoriété publique que les ordinateurs étaient la première chose que les flics inspectaient à l'occasion d'une perquisition. Et ce d'autant plus qu'il était impossible d'effacer réellement un fichier. Sans parler des virus-espions que certaines personnes mal intentionnées pouvaient installer sur votre PC à votre insu.

Il avait donc opté pour une bonne vieille méthode qui avait déjà fait ses preuves : conserver ces données dans des carnets usagés qu'il pouvait aisément dissimuler dans sa bibliothèque d'ouvrages anciens.

Toutefois, quand il s'était rendu compte que la presse se préoccupait un peu trop de ses affaires, il avait cherché un moyen plus sûr de les dissimuler. Le temps que les scribouillards se focalisent sur un scandale plus juteux. Sait-on jamais…

Il n'avait pas voulu s'adresser à un avocat car les membres de cette profession étaient connus pour leur roublardise. Il avait examiné son entourage, mais n'avait trouvé personne susceptible de servir de dépositaire. Jusqu'au notaire.

Le Crotale avait un don. Il savait reconnaître les gens que l'on peut acheter et maître Cornet lui avait immédiatement tapé dans l'œil. Il s'était renseigné. Avec ses rêves de blaireau, sa femme qu'il adorait et qui représenterait si nécessaire un levier idéal et son tempérament de bourgeois effarouché, il avait compris qu'il avait déniché la perle rare.

En plus, ils ne s'étaient jamais rencontrés auparavant et une seule fois depuis. Il serait donc difficile d'établir un lien entre eux. C'est en tout cas ce qu'il avait pensé sur le moment.

Or quelqu'un avait fait ce lien et était maintenant en possession de ses précieux carnets.

Tel père, tel fils

Sur le chemin du retour, nous n'avons pas échangé un mot.

Mon père conduisait la marche d'un pas rapide en sifflotant gaiement. Lucas chantonnait derrière lui en tapant de temps en temps dans des cailloux. Quant à moi, je traînais des pieds en réfléchissant. J'avais hésité à demander à Lucas s'ils étaient ou non entrés dans le manoir, puis j'avais renoncé. Autant entendre la version que mon père offrirait à ma mère, sans les sous-titres délirants de mon frimeur de frère.

D'autant plus que l'arrivée impromptue de cet étrange « invité » chez le notaire à 23 heures passées me troublait.

J'aurais préféré cogiter confortablement installée à l'arrière d'une voiture. Dans mes rêves.

Non seulement mon père avait refusé que nous empruntions un véhicule pour réaliser notre repérage (vacances obligent), mais ce type d'accessoire ne figurait que très rarement dans ses plans. En effet, une voiture attire plus l'attention qu'une famille en promenade. Même en pleine nuit.

Combien de malheureux collègues s'étaient-ils fait pincer par la police avec de récentes acquisitions dans leur coffre à l'occasion d'un banal contrôle de routine ?

Dès que nous sommes entrés dans le salon, ma mère s'est précipitée à notre rencontre.

– Alors ?

– C'est bon, lui a assuré mon père. La serrure de la porte à l'arrière du manoir se crochète sans difficulté. La demeure possède de nombreux recoins dans lesquels il est possible de se dissimuler en cas de retour inopiné des propriétaires. Ils disposent de deux chambres d'amis et je n'ai découvert aucune chambre d'enfants. Nous n'avons donc pas de souci à nous faire de ce côté-là non plus. Dès que la maison sera libre pour quelques heures, nous remettrons tout en ordre. L'opération ne nous prendra pas plus d'une heure, mais autant conserver une marge de sécurité...

– En effet, a renchéri Lucas dont personne n'avait réclamé l'avis.

– Les propriétaires étaient absents ? s'est renseignée ma mère.

– Non, non, seulement… a hésité mon père.

– Ils dormaient ? l'a-t-elle coupé.

– Non, ai-je cafté malgré moi.

Lucas m'a lancé un regard noir. J'ai haussé les épaules. C'était sa faute si mon père perdait les pédales. Il fallait assumer.

– Roman, a soufflé ma mère sur un ton de reproche.

– Quoi ? a feint de s'étonner mon père.

– Toi qui répètes sans cesse que le B.A.-BA du métier est de ne jamais pénétrer dans des lieux en présence des occupants. Surtout s'ils sont éveillés…

– À circonstances particulières, transgressions particulières, a philosophé mon père.

– Hum… a marmonné ma mère sans conviction. En tout cas, on sait de qui tient ton fils.

J'ai hoché la tête d'un air entendu.

– Aucun rapport ! s'est offusqué mon père. S'il ne nous avait pas mis dans ce pétrin, je n'aurais pas été obligé de prendre de tels risques. Mais l'enjeu est trop important. Tu l'as reconnu toi-même. Ces carnets sentent le roussi et il est prudent de s'en débarrasser au plus vite.

Ma mère a haussé les épaules pour signifier qu'elle n'était pas dupe. Mon père n'avait pas agi ainsi par sens des responsabilités. Il s'était laissé emporter par sa passion.

Si le célèbre Mastermind avait vraiment planifié cette intrusion nocturne ainsi qu'il cherchait à nous le faire croire, il aurait pensé à se munir du butin !

Ma mère a préféré ne pas insister et s'est contentée de changer de sujet :

– Et pour la suite, tu prévois quoi ?

– Comme d'habitude. On passe au plan capillaire, a répondu mon père.

– Le plus tôt sera le mieux, a-t-elle souligné. D'ici que les propriétaires pensent à jeter un œil dans leur coffre ou décident de s'équiper d'une alarme.

– Bon, il est tard et la soirée a été longue. Allons nous coucher, a suggéré mon père.

Sa toilette expédiée, mon frère s'est engouffré dans sa chambre sans prononcer un mot. Alors que j'étais sur le point de regagner la mienne, ma mère m'a arrêtée :

– Tu es bien silencieuse depuis votre retour, Ash. Quelque chose te préoccupe ?

– Non, non. Rien, ai-je menti.

– La prochaine fois, nous aurons besoin de ton aide pour verrouiller la porte derrière nous, m'a assuré mon père comme si le seul détail susceptible de m'inquiéter était de savoir si j'aurais droit ou non à un rôle plus palpitant que celui de pot de fleurs dans la future opération.

Ma mère a souri et mon père m'a lancé un clin d'œil avant de conclure :

– Bonne nuit, kiddo. On en reparlera demain, mais nous ne devrions pas rencontrer de difficultés. Reste à déterminer quand les Cornet seront absents et pour ça je compte sur la fabuleuse Mystic.

Ma mère a gloussé. J'ai lancé un « Bonne nuit » à la cantonade. Mes parents étaient sacrément optimistes tout d'un coup. Il faut avouer qu'il leur manquait certains éléments pour flipper.

Un en particulier.

De sang-froid

Le Crotale et ses deux acolytes étaient enfin partis.

Le notaire avait été soulagé.

Quelques secondes.

À peine.

Avant de se remémorer avec une angoisse rétrospective leur conversation.

Dès qu'il était entré dans son bureau, le Crotale lui avait demandé :

– Pourriez-vous avoir l'obligeance de m'expliquer, mon très cher maître, comment une chose pareille a pu se produire ?

Il avait alors retiré ses lunettes de soleil et dardé sur lui son regard perçant. Une lueur d'avertissement brillait dans ses yeux.

Le notaire avait senti un frisson glacé glisser le long de son dos. Sans lui laisser l'opportunité de reprendre contenance, son visiteur avait ajouté :

– N'est-ce pas vous qui m'avez soutenu que les carnets seraient plus en sécurité dans le coffre-fort de votre domicile qu'à votre étude ? Au cas où les flics perquisitionneraient si je me souviens de votre argument.

Son venin lâché, le Crotale lui avait décoché un de ses fameux sourires. À vous réfrigérer le sang.

Son surnom et sa réputation n'étaient pas usurpés. Il sifflait plus qu'il ne parlait, se déplaçait avec une économie de moyens qui donnait l'impression qu'il rampait et affichait toujours un calme olympien. Même lorsqu'il « s'amusait » à soutirer faveurs ou informations à l'aide du cutter dont il ne se séparait jamais.

– Si, si, je vous l'avais dit. Seulement je ne pouvais pas me douter que… avait-il tenté de se justifier.

– Vous douter de quoi ? l'avait coupé le Crotale sans se départir de son sourire.

– Que je serais cambriolé. Ils ont également subtilisé dans mon coffre-fort plus de 20 000 euros en liquide et une bague en saphirs, avait-il observé d'une voix plus geignarde qu'il ne l'aurait souhaité.

Ce détail n'avait pas échappé au Crotale qui s'était approché de lui pour lui susurrer à l'oreille :

– Ne vous inquiétez pas. Avec l'argent que cette affaire devrait vous rapporter, vous serez susceptible de noyer votre dulcinée sous des déluges de billets si le cœur vous en dit. À condition que je retrouve mes carnets, évidemment.

– Mais je n'ai pas la moindre idée de l'endroit où ils sont, avait paniqué l'homme de loi.

Le Crotale avait plissé les paupières et l'avait observé quelques instants avant de lâcher :

– Je vous crois. Toutefois je vous ai confié ces carnets et je souhaite les récupérer. Rapidement. J'attends donc de vous que vous obteniez des informations sur leur actuel lieu de résidence. Sinon…

Le Crotale n'avait pas achevé sa phrase. Il n'en avait pas eu besoin.

Maître Cornet avait tenté de relancer la conversation. Il avait même proposé un verre à son visiteur. Peine perdue. L'homme avait observé le coffre, grimacé un énième sourire en constatant qu'il n'avait subi aucun dommage et regagné la sortie sans ajouter un mot.

Le temps que maître Cornet pense à le raccompagner, sa voiture disparaissait derrière les grilles.

Pourquoi, mais pourquoi avait-il téléphoné au Crotale pour lui annoncer que les carnets avaient été dérobés ? Parce qu'il avait craint que les maîtres chanteurs ne l'en informent les premiers.

Certes, il aurait pu feindre de ne s'être rendu compte de rien, seulement il savait qu'il mentait mal. Le Crotale l'aurait remarqué et de là à ce qu'il s'imagine qu'il était à l'origine de leur disparition…

Il était obligé de l'avertir. Il avait peut-être même trop tardé d'ailleurs. Qu'avait-il espéré ? Que les carnets réapparaîtraient dans le coffre ? Que les cambrioleurs constatent qu'ils avaient commis une erreur et décident, gênés, de les lui renvoyer par la poste ? Non. Bien sûr que non.

Maître Cornet n'avait tablé sur aucun miracle. Il avait juste essayé de retarder le moment où il se retrouverait au bord de l'abîme.

Ce moment était arrivé.

Le notaire s'abandonna contre le dossier de son fauteuil et repensa au coup de fil du bijoutier.

Raymond Dormor lui avait expliqué qu'une adolescente était venue faire ajuster une bague. La Bague. Celle qu'il avait conçue pour Dorothée.

D'après ce qu'il lui avait affirmé, il n'avait proféré aucun commentaire pour ne pas alerter la jeune fille et la lui avait rachetée 1 500 euros, son prix d'origine.

Peut-être que s'il parvenait à identifier cette fille… Oui, c'était la solution idéale. Il téléphonerait au bijoutier demain matin et essayerait d'en savoir plus.

Peut-être lui avait-il remis un chèque et connaissait-il son nom de famille.

Peut-être avait-il photocopié sa pièce d'identité pour ses dossiers.

Dormor se poserait probablement des questions, mais ça lui était égal. Il devait retrouver cette fille. Elle représentait sa seule piste.

Peut-être le conduirait-elle aux cambrioleurs et aux carnets.

Peut-être…

Joaillerie & Compagnie

– Bonjour, nous a accueillis le bijoutier quand nous avons pénétré dans sa boutique.

Le ton mielleux dont il avait recouvert cette salutation m'a aussitôt évoqué un receleur d'origine sicilienne avec lequel mon père avait travaillé jusqu'à ce qu'il prenne sa retraite (le fourgat pas mon père). On le surnommait père Acacia parce que chaque mot qui sortait de sa bouche semblait enduit de miel et qu'il se signait à tout propos et hors de propos.

Toutefois, à la différence du père Acacia qui était le portrait craché de Winnie l'Ourson et séduisait par son aspect bonhomme, le bijoutier était d'une maigreur maladive et ses petits yeux enfoncés éveillaient immédiatement la méfiance.

J'ai parcouru les lieux du regard. Nous étions les seuls clients. Pas très étonnant. Il ne devait pas y avoir des tonnes de vacanciers qui désespéraient d'acheter un bijou à 10 heures un mardi matin.

– Que puis-je pour vous, jeunes gens ? nous a-t-il demandé alors que nous nous dirigions vers le comptoir derrière lequel il se tenait.

Mon frère qui m'avait seriné son plan depuis notre départ s'est aussitôt lancé.

– Ma petite sœur, a-t-il commencé en se tournant vers moi tandis que j'essayais de graver un air effondré sur mon visage, a perdu la bague que lui a offerte notre grand-mère pour sa première communion. À la plage. Samedi dernier, dans la matinée.

Dans le genre mensonge pas crédible, ça commençait fort.

J'ai jeté un coup d'œil au bijoutier pour tenter de deviner ce qu'il en pensait.

Son expression était aussi neutre que celle d'une plante en pot.

– C'est une bague avec un anneau en or blanc, sertie de saphirs. Elle ressemble à celle que j'ai dessinée ici, a poursuivi Lucas en tendant un papier au marchand. Bon, le dessin vaut ce qu'il vaut…

– Non, non. Il est plutôt réussi, a commenté l'homme en survolant le croquis du regard.

– Merci. Bref, une amie nous a affirmé connaître une fille qui aurait trouvé notre bague et vous l'aurait vendue pour 300 euros, a achevé de s'enfoncer mon frère en frottant frénétiquement son sourcil gauche.

Le bijoutier s'est saisi de la feuille, a froncé le nez et fixé Lucas droit dans les yeux avant d'annoncer :

– Ce bijou me rappelle en effet quelque chose. Attendez un instant !

Il s'est dirigé vers un bureau, a farfouillé dans les tiroirs et en a extrait un album. Il est revenu vers nous en le feuilletant.

– Serait-ce la bague en question ? nous a-t-il interrogés en pointant du doigt la photo d'une bague qui ressemblait comme deux pierres précieuses à celle figurant sur le dessin de Lucas.

– C'est elle ! s'est exclamé mon frère.

L'ombre d'un étrange sourire a flotté sur les lèvres pincées du joaillier.

– Je vois. Malheureusement je l'ai vendue hier matin, s'est-il désolé d'un ton factice. À un client qui cherchait un cadeau pour l'anniversaire de sa fiancée.

– Vous l'avez vendue ! s'est étouffé Lucas. Mais, mais... ce n'est pas possible. C'est un bijou de famille ! Transmis de génération en génération. Nos parents seront furieux s'ils découvrent que ma sœur l'a perdue.

– Ça, c'est sûr, ai-je murmuré plus pour moi-même que pour convaincre notre interlocuteur.

Le marchand a laissé passer quelques minutes pendant lesquelles il m'a semblé entendre une machine à calculer se mettre en route dans sa tête.

– Écoutez... a-t-il fini par reprendre. Je comprends votre problème et je compatis. J'ai peut-être une solution. Je vais téléphoner à mon client et lui exposer votre cas. Attention ! Je ne vous promets rien ! Il se peut qu'il l'ait déjà offerte à sa fiancée ou qu'il refuse de s'en séparer. Mais qui ne tente rien...

Pendant que le bijoutier se retirait à l'arrière de sa boutique, je me suis rapprochée de Lucas pour lui parler. Il m'a arrêtée d'un geste. Le bijoutier ne nous lâchait pas des yeux. J'ai haussé les épaules et n'ai plus bougé.

– Vous avez de la chance, nous a-t-il annoncé dès qu'il a eu raccroché. Mon client n'a pas encore remis son cadeau. Il a été sensible à votre situation et accepte de vous revendre la bague. Quelle somme envisagiez-vous de dépenser ?

– Heu, 300 euros, a hésité Lucas en se tournant vers moi.

J'ai confirmé en hochant la tête.

– Je vois. Vous avez bien conscience qu'une pièce de cette qualité vaut beaucoup plus en réalité, a souligné Dormor & fils. Mon client est un homme généreux et il m'a affirmé que votre prix serait le sien. Toutefois, je pense que vous devriez fournir un petit effort. Après tout, il a déboursé 500 euros pour ce bijou et il serait injuste qu'il perde de l'argent dans cette affaire.

Lucas s'est tourné une nouvelle fois vers moi. J'étais furieuse. Comment ce type s'était-il débrouillé pour deviner le montant exact de mes économies ? Il était quoi ? Médium ?

– OK, ai-je fini par céder en tentant de réprimer une furieuse envie de hurler.

– Parfait ! s'est réjoui le bijoutier.

Lucas a souri d'un air illuminé.

– Bon. Pourriez-vous me laisser vos coordonnées pour que je vous appelle dès que mon client m'aura restitué la bague ?

– Heu… a hésité mon frère. Nous louons une maison pour les vacances et nous n'avons pas le téléphone.

– Un numéro de portable peut-être ? a suggéré le bijoutier d'une voix onctueuse.

Sentant que Lucas s'apprêtait à pondre une nouvelle bourde (du genre offrir à un inconnu un moyen de nous pister à peu de frais), j'ai répondu à sa place :

– Nous n'avons pas de portables !

Le bijoutier m'a dévisagée d'un air méfiant avant de calquer un sourire affecté sur son visage et de souffler :

– Bon, ce n'est pas grave. Revenez demain matin à la première heure avec la somme convenue. En liquide. Je m'arrangerai avec mon client pour qu'il me dépose la bague dans la journée. Mais pas de faux bond, hein ?

– Ne vous inquiétez pas, monsieur, a déclaré Lucas.

– Parfait. À demain donc. Passez une bonne journée, nous a salué le détrousseur d'économies en nous raccompagnant jusqu'à sa porte blindée.

– Merci encore, lui a lancé Lucas.

– Ce n'est pas moi qu'il faut remercier. C'est Lui, a-t-il rectifié en pointant son index vers le ciel.

Une fois dehors, Lucas a levé les poings en l'air, une lueur de triomphe dans les yeux.

– Waouh, t'as vu comme on s'est bien débrouillés ! s'est-il félicité.

– Hum... ai-je marmonné.

– Quoi hum ?

– Tu ne trouves pas ça louche, toi ? ai-je commencé.

– Louche ? Comment ça louche ? a-t-il répété agacé.

– Ben, je ne sais pas. C'est un commerce, cette bijouterie, pas une association à but non lucratif. Cela ne te semble pas bizarre que monsieur Dormor & fils ait accepté de nous revendre la bague au même prix que celui qu'il a obtenu de son mystérieux client ?

– Oh ça... Ne t'inquiète pas, m'a assuré Lucas en retrouvant sa bonne humeur. Il a dû la lui revendre moins cher et se ménager un petit bonus dans l'affaire.

– N'empêche que la bague que tu m'as décrite m'a paru valoir beaucoup plus que 500 billets, ai-je commenté.

Mon frère n'a pas daigné relever cet argument.

– Et le client qui consent à rendre la bague qu'il vient d'acheter sans rien y gagner, tu ne trouves pas ça bizarre non plus ? ai-je insisté.

– Mon histoire a dû le convaincre. Point barre, a affirmé Lucas.

– Et la photo ? ai-je renchéri. Le bijoutier jette un pauvre coup d'œil à ton dessin et trouve une photo qui correspond en deux temps trois feuillets. Pourquoi avait-il une photo de cette bague d'ailleurs ?

– Probablement pour ses archives ! Tu cherches midi à quatorze heures, Ash. On a eu du bol, ça arrive, tu sais.

– Mouais. Je ne peux pas m'empêcher de penser que tout ça a été un peu trop facile. Comme si on nous tendait un piège. On devrait en informer les parents.

– Hors de question, Ashley ! s'est écrié mon frère d'un ton catégorique. On était d'accord là-dessus depuis le début. Motus et bouche cousue. On récupère la bague demain matin. Et basta.

– Dormor & fils était obséquieux, ai-je ajouté.

– C'est le métier qui veut ça, a soupiré Lucas.

– Tu n'as pas remarqué la façon dont il a prononcé « en liquide ». On aurait dit un vampire sirotant un gallon de sang frais.

– Et alors ? C'est un commerçant, ce mec, pas l'abbé Pierre.

Mon frère a glissé un bras autour de mes épaules avant de souffler :

– Je sais que t'as les nerfs en pelote depuis notre échappée d'hier soir, mais tu te scies trop la tête, Ash. Allez viens, je t'offre un p'tit-déj' de princesse. Où veux-tu aller ?

– Peu importe ! ai-je grogné.

– En route pour le Brixton ! a-t-il annoncé d'un ton joyeux.

Je n'avais pas du tout faim. Toutefois un thé n'était pas de refus. Histoire d'achever de me réveiller.

J'avais très mal dormi. Ce qui expliquait peut-être pourquoi la situation me paraissait si bancale. Le visage de l'inconnu de la veille m'était apparu en rêve et je m'étais souvenue de l'endroit où je l'avais aperçu. Malheureusement, la réponse s'était volatilisée à mon réveil et seule une impression de malaise m'était restée.

Quand nous avons franchi la porte du restaurant de l'hôtel le plus chic de la ville, j'ai relégué mes sombres pensées au fin fond de mon cerveau. Autant profiter du somptueux petit-déjeuner qu'ils proposaient en compagnie de mon frère.

Les dés étaient lancés.

Le sort en était jeté…

Défausse

Maître Cornet avait téléphoné chez *Le Corbusier* afin de réserver une table pour samedi soir. Il souhaitait rattraper auprès de sa femme la soudaine annulation de leur dîner d'anniversaire de mariage, mais aussi fêter l'événement.

La chance lui souriait.

À nouveau !

Alors qu'il attendait fébrilement que sa montre affiche 10 h 30 pour composer le numéro du bijoutier, ce dernier l'avait appelé. Un adolescent accompagné de sa sœur venait de pénétrer dans sa boutique et cherchait à lui racheter la bague de Dorothée.

Selon Raymond Dormor, l'adolescent lui avait dévidé une histoire abracadabrante de grand-mère, de première communion et de bijou de famille. Il s'était immédiatement méfié et avait feint d'avoir déjà revendu l'objet convoité. En bon filou qu'il était, il avait alors appelé le notaire pour, selon ses termes, « le tenir au courant ».

De prime abord, maître Cornet avait été surpris. Jamais il n'avait envisagé que les voleurs soient mineurs.

Cependant il avait vite recouvré ses esprits et demandé à son interlocuteur d'obtenir leurs coordonnées.

Ce dernier avait rappelé quelques minutes après pour lui expliquer que ses « clients » avaient refusé de lui fournir le moindre renseignement.

Toutefois il avait trouvé une parade : il leur avait promis de récupérer la bague dans la journée et leur avait donné rendez-vous le lendemain matin à sa boutique pour la leur revendre. 300 euros.

À charge pour le notaire, s'il était d'accord, de lui rembourser la différence.

Maître Cornet avait aussitôt accepté sa proposition (il n'était plus à 1 200 euros près) et avait raccroché, le sourire aux lèvres.

Une piste !

Enfin !

Certes, il doutait que ces jeunes soient les véritables instigateurs du cambriolage, mais il y avait forcément un lien. Ils ne cherchaient pas à récupérer cette bague par hasard.

Il se posterait le lendemain matin à la première heure devant la bijouterie, les attendrait à la sortie et les suivrait. Tôt ou tard, ils le conduiraient à leur commanditaire.

Ces informations obtenues, il téléphonerait au Crotale pour les lui communiquer. Quant à ce qui adviendrait après, cela ne le concernait pas.

Il se contenterait de rembourser le bijoutier et d'acheter une nouvelle bague pour Dorothée en attendant l'éventuel retour de la disparue.

Rassuré, maître Cornet avait téléphoné au restaurant.

Il était maintenant allongé dans son canapé et parcourait le menu.

En rêve.

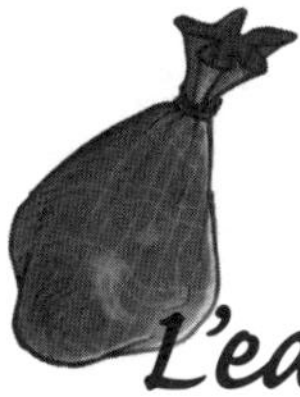

L'eau qui dort

– Des questions ? s'est enquis mon père en nous regardant tour à tour.

Lucas était affalé dans un fauteuil, ma mère assise sur le canapé, Chris au creux de ses bras, et moi debout entre les trois. Nous nous étions réunis au salon en ce mercredi soir pour prendre connaissance du plan élaboré par mon père durant l'après-midi.

L'opération *Le Retour des dérobés* était programmée pour samedi soir. Mieux vaut tard que jamais. Mais, ainsi que mon père le répète souvent, le mot « précipitation » rime lui aussi avec prison.

Pendant que les Cornet fêteraient leur anniversaire de mariage au restaurant, mon père et mon frère s'introduiraient dans leur manoir pour rendre à Jules ce qui appartenait à César.

Le plan capillaire avait fonctionné à merveille.

Comme toujours...

Ayant constaté que les femmes frôlant la quarantaine (en général) et les adeptes des mondanités (en particulier) se rendent chez leur coiffeur au moins une fois par semaine et étant avéré que les êtres humains ont une tendance poussée à raconter leur vie quand on s'occupe de leurs cheveux, les arnaqueurs professionnels savent que le meilleur endroit pour dénicher des informations sur leurs cibles potentielles est... le salon de coiffure !

Hier matin, pendant notre virée bijouterie, ma mère avait épluché l'annuaire et téléphoné aux salons des environs en commençant par les plus prestigieux.

Elle s'était fait passer pour une Dorothée Cornet souffrant d'un Alzheimer précoce. Elle ne savait plus ni où ni quand elle avait rendez-vous. Josiane de chez *Hair & Cut* lui avait alors rappelé que sa couleur et son brushing étaient prévus pour le lendemain matin. Ma mère avait rappelé plus tard en modifiant sa voix et était convenue d'un rendez-vous le jour J à la même heure.

Ce matin, elle était donc devenue blond Barbie et, d'un papotage à l'autre, avait appris que :

- ↳ Maître Cornet avait été très angoissé pendant plusieurs jours, mais que les choses étaient maintenant rentrées dans l'ordre (ce qui laissait supposer, d'après mon père, que ce dernier n'avait pas encore découvert le pot aux épines).
- ↳ La prise de sang de la mère de Dorothée Cornet révélait qu'elle souffrait d'une carence en potassium et, par conséquent, elle s'était lancée dans un régime de bananes (*sic*).
- ↳ N'ayant pas d'enfants, Dorothée Cornet rêvait de s'acheter un chien. Elle hésitait entre un chihuahua (le petit chien anorexique aux oreilles de rat qui aboie non-stop) et un pékinois (le même genre de cabot hystérique mais sans l'épilation intégrale).
- ↳ Elle envisageait d'ajouter les lundis après-midi aux jours de visite de sa femme de ménage car il était impossible de nettoyer l'intégralité de leur manoir de fond en comble en seulement trois matinées hebdomadaires (les mardis, jeudis et vendredis).

↳ Elle et son mari fêteraient leur seizième anniversaire de mariage samedi soir chez *Le Corbusier* où le notaire avait réservé une table pour 20 heures.

Cette dernière information avait été l'élément déclencheur de notre actuelle réunion. Mon père avait aussitôt téléphoné au restaurant afin de vérifier l'information et en avait profité pour réserver une table pour deux personnes samedi soir à la même heure.

– Pourquoi est-ce moi qui suis obligée d'aller au restaurant avec maman ? ai-je grogné.

– Parce que j'ai besoin de Lucas pour ouvrir le coffre, m'a expliqué mon père. Et puis il connaît mieux les lieux que quiconque.

– Et pour cause, ai-je maugréé. S'il n'avait pas agi sur un coup de sang, nous n'en serions pas là et je n'aurais pas besoin d'aller me trémousser au restau.

– Ce n'est quand même pas si horrible de sortir dîner avec moi et Chris ! a fait semblant de s'offusquer ma mère. Il paraît que cette année le Michelin a décerné une étoile à *Le Corbusier*. On va se régaler.

J'ai haussé les épaules pour souligner mon indifférence.

– Je croyais que tu aurais besoin de mon aide pour verrouiller la porte, ai-je renchéri. En tout cas, c'est ce que tu m'as affirmé l'autre soir.

– Je sais, ma chérie, a reconnu mon père, mais nous n'avons pas le choix. Si ta mère dîne seule avec un bébé, cela risque de susciter la curiosité. À deux, vous passerez plus facilement inaperçues.

– Mouais, ai-je douté.

– Tu hériteras d'un rôle plus important lors de notre prochaine opération, a-t-il tenté.

– Des promesses… ai-je murmuré.

Mon père a feint de ne pas m'avoir entendue.

– Bon, on récapitule. À 19 h 50, Ashley et Jane, vous pénétrez chez *Le Corbusier*. À l'arrivée des Cornet à 20 heures, l'une d'entre vous nous envoie un SMS pour nous avertir.

– Et s'ils sont en retard ? l'a interrompu Lucas.

– On décalera d'autant. Partons du principe qu'ils sont ponctuels. À 20 h 10 maximum, nous sommes dans la place, a repris mon père. À 20 h 30, le coffre est ouvert.

– Je pense pouvoir y parvenir plus rapidement, s'est vanté Lucas.

– Sans doute, a soupiré mon père, mais autant se laisser de la marge. À 20 h 40, le coffre a retrouvé ses petits et est bouclé. À 20 h 50, nous sommes dehors. Il nous faudra un peu plus de temps que d'habitude pour refermer la porte à clé sans les doigts de fée d'Ashley...

Mon père m'a lancé un clin d'œil que Lucas a aussitôt piétiné en proclamant :

– J'y suis très bien arrivé sans elle la dernière fois.

– Ah bon ? Tu as dû sacrément t'améliorer alors ! Si ma mémoire est bonne, lors de notre dernière expédition officielle, ai-je rappelé en appuyant sur le « officielle », tu n'y étais pas parvenu au bout de dix minutes et j'ai été obligée de me précipiter à ta rescousse.

– Peut-être mais... a commencé mon frère.

– Lucas ! Ashley ! nous a arrêté notre père.

Lucas a soulevé sa carcasse de son fauteuil pour essayer de me pincer le bras. Je lui ai balancé un coup de pied dans le tibia qui l'a immédiatement calmé. Il m'a semblé le voir retenir un sourire.

– Bon, la porte sera refermée aux environs de 21 heures. Il nous faudra encore une bonne heure de marche pour rejoindre la maison. Ajoutons trente minutes par sécurité. À 22 h 30, vous quitterez le restaurant. Il va sans dire que si les Cornet partaient avant vous, vous nous téléphoneriez aussitôt. Des questions ?

– Il a un nom ce plan ? a demandé Lucas.

– Un nom ? s'est étonnée ma mère.

– Ouais, dans les films, les cambrioleurs affublent toujours leur plan d'un nom de code et utilisent des sobriquets pour dialoguer, nous a-t-il expliqué. Au cas où ils seraient sur écoute.

– Pourquoi voudrais-tu que quelqu'un ait placé nos portables sur écoute ? s'est inquiété mon père.

– J'en sais rien. Mais au cas où, on ne pourrait pas trouver un nom ? a insisté Lucas.

– Pourquoi pas le plan *lose* ? ai-je proposé.

Personne n'a commenté. Ils savaient que j'avais raison. Cette opération était de la perte pure.

De temps et d'argent.

Surtout pour moi.

En effet, Lucas avait récupéré la bague ce matin (je l'avais forcé – en menaçant de le dénoncer aux parents – à me la montrer) après que je lui avais remis mes 500 euros d'économies. Il n'avait pas paru surpris d'apprendre que je possédais une telle somme, en liquide, aisément accessible. Comme s'il savait déjà que :

↳ J'avais menti sur le montant de mes économies.

↳ J'étais partie en vacances avec mon argent.

↳ Je l'avais dissimulé sous mon matelas (endroit que n'importe quel cambrioleur amateur inspecterait d'emblée, mais bon il est de notoriété publique que les cordonniers sont toujours les plus mal chaussés).

1+2+3 = Je soupçonnais Lucas d'avoir farfouillé dans mes affaires.

Saleté de gènes !

– Des questions ? a repris mon père.

Personne n'en posant, il a soldé notre réunion sur un :

– Très bien ! On se retrouve donc ici samedi soir à 18 heures.

Comme si nous n'habitions pas la même maison !

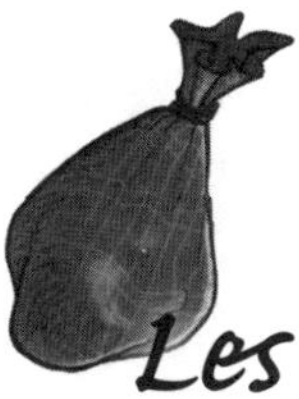

Les jeux sont faits

Dès que le bijoutier lui avait fait signe depuis sa boutique, maître Cornet s'était engagé à la suite de l'adolescent qui en sortait. Il l'avait pris en filature sans difficulté. Le garçon était reconnaissable entre mille avec son tee-shirt blanc, son sweat-shirt vert pomme enroulé autour de sa taille et ses baskets orange fluo. Le notaire avait toutefois été surpris de le voir pénétrer dans une maison de villégiature à la sortie de la ville. Il avait pensé qu'il se rendrait d'abord auprès de son commanditaire pour lui remettre la bague. À moins qu'il n'ait rendez-vous avec ce dernier dans cette maison ?

Il avait attendu. Des heures. Sur le coup de midi, un homme d'une quarantaine d'années, un bébé dans les bras, était entré dans la maison. Quelques minutes après, une femme du même âge aux cheveux blond platine l'avait rejoint à l'intérieur. Qui étaient ces gens ? Les parents du garçon ?

Ce dernier était ressorti vers 14 heures. Il avait passé l'après-midi à la plage en compagnie de jeunes de son âge. Maître Cornet l'avait observé depuis la jetée en avalant un sandwich et l'avait raccompagné chez lui vers 18 heures.

Il n'y comprenait plus rien. Était-ce ce jeune homme qui l'avait cambriolé ? Impossible ! Son coffre-fort avait été asséché en toute discrétion. Du travail de pro. Des énergumènes de son âge auraient fracassé la porte d'entrée, saccagé les lieux et se seraient contentés de dérober les objets à portée de main.

Il avait patiemment attendu devant la maison. Vers 1 heure du matin, l'adolescent s'était échappé par une fenêtre. Le notaire l'avait suivi jusqu'à la boîte de nuit dans laquelle ce dernier s'était engouffré.

Quand il en était sorti à la fermeture, le notaire s'était résigné à rentrer chez lui, harassé. Pas comme le sujet de sa surveillance qui, malgré un nombre incalculable de verres et d'inlassables trémoussements sur la piste de danse, ne semblait pas le moins du monde fatigué.

Il n'avait rien appris sinon qu'il vieillissait et n'était pas bâti pour la filature.

Il avait obtenu des informations ainsi que le Crotale l'avait exigé.

Il était temps de passer le relais.

À des pros.

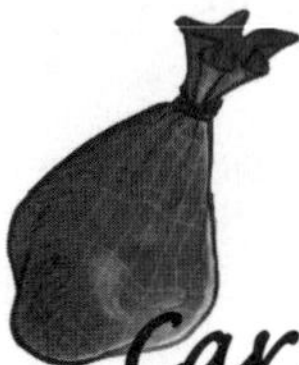

Cartes sur table

Depuis la réunion de mercredi soir, les vacances avaient repris leur cours normal.

Mes parents vaquaient à leurs occupations (chaise longue, courses, biberons & Compagnie).

Lucas m'avait à nouveau rayée de son emploi du temps.

Quant à moi, j'avais repris mes entraînements : SMF, exercices d'assouplissement de mes doigts et de mes poignets, filatures et recherches webiennes.

Sauf que le cœur n'y était plus...

La veille, j'avais recommencé à graver sur le sommier de mon lit les jours me rapprochant de ma libération. Plus que quinze !

J'avais ajouté les trois derniers d'un coup. Les soirs en question, dans le feu de l'action, j'avais oublié.

L'incendie maîtrisé, j'étais revenue à mes obsessions.

Cette manie était un réflexe idiot. Je le savais mais je ne pouvais pas m'empêcher de laisser une trace discrète de mon passage dans les maisons que nous empruntions pour les vacances. Une façon pour moi de remercier l'inconnu qui m'avait prêté sa chambre à son insu.

Enfant, j'avais pour habitude d'abandonner un objet m'appartenant en guise de cadeau. Cependant, ayant regretté Gaspard, mon ours en peluche, pendant des mois, je m'en tenais maintenant à des offrandes moins personnelles.

Ainsi, l'année précédente, j'avais ajouté des commentaires (profonds et perspicaces) dans le journal intime peuplé de remarques (ineptes et consternantes) de ma logeuse. Ce dernier était protégé par un cadenas ridicule qui s'ouvrait d'une simple pression des doigts. Comme tout cadenas qui se méprise, il remplissait à la perfection son rôle de « s'il vous plaît, lisez-moi ».

À croire que les gens ne comprennent rien à notre profession. Lorsqu'un objet est fermé à clé, il nous hurle « Intéresse-toi à moi ».

Si le tiroir d'un bureau est verrouillé par exemple, vous pouvez être certain que son propriétaire y cache ses plus précieuses possessions (neuf fois sur dix d'ailleurs, la clé se repose dans un tiroir à proximité). S'il possède une arme, elle séjourne dans ledit tiroir. Un soudain besoin de protection ? Le temps que le maître des lieux récupère la clé, la glisse dans la serrure, ouvre le tiroir et se saisisse de l'arme, les intrus sont déjà à des kilomètres.

Diable merci !

Ce vendredi matin, je m'étais réveillée de mauvaise humeur. L'opération programmée pour le lendemain soir n'avait aucun effet positif sur mon moral. Au contraire. Rien que de penser que mon rôle se limiterait à déguster trois microscopiques queues d'écrevisses dissimulées dans un lit d'herbes, mes mâchoires se crispaient de dépit.

J'avais dilapidé ma matinée sur le Net à la poursuite de l'homme entrevu mardi soir au manoir. Je pensais l'avoir croisé sur la Toile lors de mes recherches précédentes. J'avais été incapable de le retrouver.

Au sortir du déjeuner, résignée, j'avais compris qu'il ne servait à rien de m'acharner et je m'étais replongée dans mes exercices de filature.

Alors que je talonnais Lucas qui s'était enfin résolu (après moult baisers) à délaisser sa chérie pour rentrer dîner à la maison, j'ai remarqué qu'un type à la carrure de poids lourd faisait la même chose que moi.

Quand mon frère est entré dans un magasin de vidéo, le mastodonte s'est arrêté, a traversé la rue et s'est posté sur le trottoir d'en face.

Il a fait semblant de passer un coup de fil, ses lunettes de soleil braquées sur la porte de la boutique.

Dès que Lucas en est ressorti, le balèze lui a emboîté le pas.

Il était plutôt doué. Il prenait garde à ne jamais trop s'approcher, laissait toujours deux personnes entre eux et calquait le rythme de sa marche sur celui de mon frère.

Seul un détail retenait l'attention. Il était affublé d'une veste.

En plein été !

Par 30 °C à l'ombre !

Ou il était malade (10 % de chances) ou elle lui permettait de dissimuler l'arme qu'il portait à sa ceinture ou dans un holster collé à sa poitrine (90 % de malchance).

Ajoutez à cet élément que son travail consistait à suivre des gens dans la rue et on frôlait les 100 %.

Quand Lucas a pénétré dans la maison, la veste s'est pliée à l'abri d'un arbre devant la maison voisine. J'ai continué mon chemin comme si de rien n'était avant de me glisser dans le jardin à l'arrière de la maison, de crocheter la serrure de la porte de la cuisine et de me faufiler à l'intérieur. J'ai couru jusqu'à la chambre de Lucas et ouvert la porte sans m'annoncer.

– Mais qu'est-ce qui te prend, Ash ? s'est énervé mon frère qui arborait un improbable caleçon imprimé de fleurs mauves. Tu ne peux pas frapper avant d'entrer ?

– Une urgence ! lui ai-je lancé en me précipitant vers sa fenêtre pour y jeter un œil.

La veste n'avait pas bougé d'un fil.

– Genre… a grogné mon frère en enfilant un jean.

Je me suis tournée vers lui.

– Tu ne me crois pas ? Tu t'imagines quoi ? Que ma seule activité consiste à te coller au train ? ai-je rétorqué en réalisant que la vérité n'était pas si éloignée.

Mon frère a affiché un sourire narquois qui s'est volatilisé quand j'ai ajouté :

– Tu es suivi !

– Suivi ? Je vois… a grommelé Lucas. Encore ton délire parano. Il y a des médocs pour soigner ce genre de dérèglement mental, tu sais.

– Approche ! lui ai-je ordonné.

Lucas a enfilé un tee-shirt avant de me rejoindre.

– Quoi ? m'a-t-il interrogée.

– Regarde. Par la fenêtre. Discrètement.

Mon frère a lancé un coup d'œil dehors et a froncé les sourcils.

– Je vois que dalle.

– Près de l'arbre, devant la maison d'en face, lui ai-je indiqué.

Je me suis penchée en même temps que lui. La silhouette qui se dessinait dans l'ombre de l'arbre me paraissait familière. Mais oui, ai-je alors réalisé, c'était celle du larbin ouvreur de portes de l'autre soir !

Lucas a bondi en arrière.

– Putain, c'est pas vrai ! s'est-il écrié. C'est qui ce type ?

– Tu te souviens du mec étrange qui a rendu visite à maître Cornet mardi soir et dont je t'ai parlé ?

Mon frère a hoché la tête.

– Eh bien, ce type travaille pour lui. Et il t'a suivi jusqu'ici.

– Tu es sûre ?

– Certaine !

– Comment… a hésité Lucas. Oui… Bien sûr… Tu le sais parce que toi aussi tu me serrais de près. Combien de fois faudra-t-il te répéter que…

– C'est bon, l'ai-je interrompu pour couper court à ses leçons de laisser-vivre. N'empêche que si je ne t'avais pas filé, on n'aurait rien remarqué.

– Ce ne serait peut-être pas plus mal, a murmuré mon frère en s'écroulant sur son lit.

Je n'ai pas relevé.

– Qu'est-ce qu'on fait ? a-t-il repris après plusieurs secondes d'auto-apitoiement muet.

– Il faut en parler aux parents, ai-je affirmé.

– On n'a plus le choix, n'est-ce pas ?

– Plus aucun, ai-je reconnu.

Mon frère a lacé ses tennis et nous sommes descendus dans le salon attendre le retour de nos parents.

Dès que notre mère est entrée et qu'elle a vu nos têtes, elle a compris que quelque chose clochait.

– Roman, tu peux venir, s'il te plaît, a-t-elle crié.

– Je suis en train de ranger les courses, lui a répondu une voix en provenance de la cuisine.

– Je crois qu'il y a urgence, a-t-elle renchéri.

– Quoi encore ? a grommelé mon père en glissant la tête par la porte du salon. Il faut donner son biberon à Chris et...

Ma mère nous a désignés d'un mouvement du menton. En nous apercevant, le reste du corps de mon père est apparu et s'est posté à côté de celui de notre mère.

– On vous écoute ! nous a-t-elle signifié.

Lucas fixait ses tennis d'un air absent. J'ai respiré un grand coup et je me suis jetée dans l'arène. Je leur ai tout raconté : la bague, Victoire, la bijouterie, la filature, l'ouvreur de portes, la veste... Lucas se contentait de hocher la tête et d'émettre des borborygmes de temps en temps.

Quand j'ai eu fini, un silence de mort a envahi la pièce. Jusqu'à ce que Chris hurle de faim depuis la cuisine.

– Je m'en occupe, a déclaré ma mère en sortant.

Mon père s'est allongé sur le canapé et a fermé les yeux.

– Laissez-moi réfléchir ! nous a-t-il ordonné.

C'était la première fois qu'il réagissait à une catastrophe avec autant de résignation.

Je n'étais pas certaine qu'il faille s'en réjouir.

Rien ne va plus

La nuit était tombée et le temps s'était rafraîchi. Pourtant l'air lui semblait toujours aussi épais et étouffant et il crevait de chaud sous sa veste. Il n'en pouvait plus.

De ça.

Et du reste.

Depuis qu'il était entré au service de ce type, il perdait son temps à filer des gosses et à effrayer des petits vieux. Des bricoles de lavette !

Lui qui rêvait de Cosa Nostra, de code d'honneur, de bosser pour un parrain à la Don Corleone, il était devenu le larbin d'un costard-cravate qui ne pipait pas un mot d'italien, considérait que gober des petits-fours équivalait à se goinfrer et avait autant de respect pour les êtres humains qu'un serpent pour une souris.

Ce n'était pas pour ça qu'il s'était engagé dans cette voie professionnelle, soulevait des haltères chaque matin et avait appris à tirer. Il voulait se battre. À la loyale. Contre des rivaux ou des poulets. Pas contre des marmots et des grabataires.

Reggie zieuta sa montre. Elle affichait 0 h 50. L'adolescent ne tarderait plus. S'il faisait bien le mur pour s'éclater en boîte vers 1 heure du matin comme l'avait affirmé le notaire. Comme si on pouvait se fier à un rond-de-cuir gaulé comme une crevette qui ne savait pas différencier un revolver d'un pistolet !

Reggie avait observé le gamin toute la journée et en avait conclu qu'il ne serait pas difficile à choper. Une simple torsion des bras suffirait. Il avait quand même embarqué son flingue. Au cas où…

Il devait « l'appréhender » pour reprendre les termes du boss et le lui livrer. Pourquoi ? Aucune idée ! On ne le mettait jamais au parfum. Au début, cet évident manque de confiance l'avait vexé. À présent il s'en foutait. Dès qu'il aurait fini cette mission et aurait palpé ses 4000 euros, il se barrerait aux États-Unis.

Le notaire ne s'était pas trompé.

À 1 heure pile, le gringalet au sweat vert pomme se faufila dans le jardin. Reggie le laissa avancer dans la rue avant de harponner sa capuche. Une cascade de cheveux blond platine s'en échappa.

Stupéfait, Reggie lâcha prise.

Qu'est-ce que c'était encore que cette embrouille ?

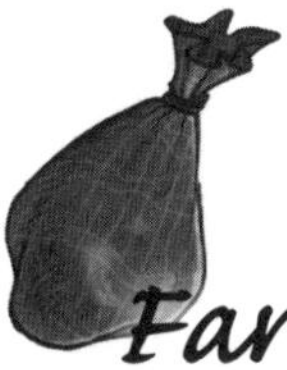

Farces et attrapes

Profitant de l'effet de surprise, ma mère, déguisée en Lucas, s'est retournée vers son agresseur d'un mouvement brusque et a pointé sur lui le pistolet que mon frère avait rapporté de son expédition nocturne. Tandis qu'elle le tenait en joue, je me suis glissée derrière lui pour récupérer le calibre dissimulé sous sa veste. J'en ai profité pour me saisir des autres occupants : son portefeuille et un trousseau de clés.

Nous l'avons gentiment conduit dans le salon où mon père nous attendait adossé au canapé. Lucas se tenait à ses côtés. Quant à Chris, il dormait à poings fermés. Dans son couffin. À l'étage.

– Je vous présente Regolo Carmine, né le 23 juillet 1979 à Nice, ai-je annoncé à la cantonade en lisant la carte d'identité trouvée dans son portefeuille.

L'intéressé m'a fusillée du regard.

– Pas très pro, ça, de se balader avec ses papiers, a commenté mon père.

– Qu'est-ce que vous me voulez ? a hurlé Stéroïde Man en nous examinant tour à tour d'un air exaspéré.

– Ce serait plutôt à vous de répondre à cette question, a observé mon père.

L'homme a hésité avant d'affirmer d'un ton moins catégorique que son attitude (pieds ancrés dans le parquet, bras croisés sur la poitrine et regard furibond) ne cherchait à le démontrer :

– Je n'ai rien à déclarer !

– Mauvaise réponse, a souri mon père en faisant glisser d'une main à l'autre le revolver que je lui avais remis.

L'homme a haussé les épaules. Un silence pesant a envahi la pièce.

– Bon, comme vous voudrez, a fini par lâcher mon père.

Il s'est alors tourné vers ma mère.

– Chérie…

Ma mère s'est approchée de Regolo Carmine, son arme toujours pointée vers lui.

– Si vous croyez que vous me foutez la trouille, a ricané ce dernier en la survolant du regard. J'en ai traversé d'autres, vous savez… Je suis certain que vous êtes incapable de vous servir de ce bijou.

– Hum… Je vois… Un joueur. Quitte ou double. Qui perd gagne. Et cætera. Et cætera. À votre guise. Ashley, pourrais-tu aller chercher la bâche, s'il te plaît ? m'a demandé mon père.

L'homme a froncé les sourcils.

– On ne voudrait pas tacher le tapis, lui a expliqué mon père. Nous sommes ici à titre… officieux, si vous voyez ce que je veux dire.

Je suis revenue avec la bâche que nous avions trouvée dans la cave. J'ai commencé à la dérouler sur le sol. Lucas m'a aidée à déplacer les meubles qui encombraient le chemin. Quand nous avons eu fini, ma mère a esquissé un sourire, relevé le cran de sûreté du pistolet et enjoint à Stéroïde Man de s'avancer sur le plastique.

– Attendez ! s'est-il écrié.

– Oui ? s'est enquis mon père d'une voix suave.

– Qu'est-ce que vous voulez savoir ?

– Tout, a affirmé mon père.

– Mais je ne sais quasiment rien, s'est récrié notre invité en levant les paumes vers le plafond.

– Commencez avec ça et nous aviserons ensuite, lui a suggéré mon père.

Les bras de Regolo Carmine sont retombés d'un coup.

– Je devais suivre ce gamin, a-t-il affirmé en pointant Lucas du doigt. Je ne sais pas trop pourquoi. J'ai juste entendu des trucs à propos d'une bague, de carnets… Bref, je l'ai filé toute la journée. Ce soir, à la nuit tombée, j'étais censé attendre qu'il s'échappe par la fenêtre pour…

– D'où provenaient vos informations ? l'a interrompu mon père.

– D'un notaire, maître Cornet, il habite…

– Je sais, l'a coupé mon père. Ensuite…

– Ensuite, je devais choper le gosse et le fourguer dans ma caisse, a repris Regolo Carmine comme s'il récitait une liste de courses.

– Votre caisse ? s'est étonné mon père.

– Ben, ouais, on n'allait pas s'barrer à pied. Je l'ai garée dans le coin ce matin.

– L'autre homme, le chauffeur, doit l'attendre sur place, ai-je soudain réalisé en tendant le trousseau de clés que j'avais trouvé dans sa veste à mon père. Il va s'inquiéter en ne le voyant pas revenir.

– Aucun risque. Bernie avait un autre taf ce soir… Je bossais en solo, a grogné Stéroïde Man.

– C'est probablement vrai, a réfléchi mon père en observant une clé ronde et noire. Mais, bon, s'en assurer ne saurait nuire. Lucas ?

Mon frère a sursauté.

– Monsieur va t'expliquer où il a garé sa voiture et tu vas y jeter un œil discrètement. Histoire de vérifier qu'elle n'est pas habitée, lui a-t-il ordonné.

– Pourquoi moi ? a ronchonné Lucas.

– Ta mère et moi sommes occupés ainsi que tu peux le constater. Lucas... s'il te plaît... a soupiré mon père en lui tendant le trousseau.

Lucas a repoussé l'offrande d'un geste.

– Je n'en ai pas besoin, a-t-il remarqué.

– Je sais, a soufflé mon père. Mais pourquoi se compliquer inutilement la tâche ?

Mon frère a haussé les épaules, attrapé ledit trousseau et disparu après que notre invité lui a décrit le chemin conduisant à son véhicule.

– Et une fois Lucas dans votre voiture, quel était le plan ? a repris mon père.

– Je devais taper un coup de grelot au Big Boss pour qu'il me signale où déposer le colis.

– Le Big Boss ? a répété mon père.

– Heu, ouais... le notaire, a hésité son interlocuteur.

Mon père a pris une grande inspiration et a recommencé à jouer avec son arme.

– Ben voyons... a-t-il soufflé.

– Je ne peux pas vous rencarder, a gémi Regolo Carmine en oscillant d'un pied sur l'autre, faisant crisser le plastique sous son poids. Ce mec est bourré de connexions. En plus, il est sadique. On le surnomme le Crotale. Il se balade toujours accompagné d'un cutter avec lequel il est capable de vous trancher la gorge en souriant. S'il apprend que je vous ai refilé son nom, je suis bon pour la taule, au mieux, ou la terre, au pire.

– Basta, s'est agacée ma mère en avançant vers lui.

Stéroïde Man a jeté un regard au pistolet et émis un geignement sourd.

– Oh... et puis merde, a-t-il craqué. J'avais prévu de me barrer aux States de toute façon. Le Big Boss, c'est Francis Parmentier, le promoteur immobilier.

– Le type aux affiches ! me suis-je écriée en réalisant que c'était l'homme dont le visage me hantait.

Normal qu'il m'ait semblé si familier, sa tête était placardée aux quatre coins de la ville. C'était à se demander comment je m'étais débrouillée pour y échapper depuis mardi soir.

– Exact, a confirmé Regolo Carmine.

Lucas est revenu et nous a signifié d'un geste que tout était OK.

– Et il lui veut quoi à mon fils ce Crotale Parmentier ? l'a interrogé mon père.

– Aucune idée ! Il ne me confie jamais rien, s'est lamenté le mastodonte.

– Pas très pro, a commenté mon père.

– À qui le dites-vous ! s'est exclamé l'intéressé. Bosser pour ce mec, c'est le bagne !

– Racontez-moi, lui a proposé mon père en l'invitant d'un geste à s'asseoir. Nous pouvons bien attendre dix minutes avant que vous ne lui téléphoniez. Ne vous inquiétez pas ! Je vous indiquerai exactement quoi dire à ce charmant Big Parmentier.

Notre invité a soupiré, retiré sa veste et s'est écroulé dans un fauteuil.

Il a hésité encore quelques secondes avant de se lancer.

Dans le récit des malheurs de Reggie.

Trompe-l'œil et illusions

Francis Parmentier, alias le Crotale, raccrocha et observa son réveil. Il affichait 2 heures du matin. Une fois n'était pas coutume, il sourit.

L'opération s'était déroulée à la perfection. Reggie avait appréhendé l'adolescent sans difficulté. Il avait même trouvé une bague, deux carnets noirs à la tranche dorée, une arme et de l'argent liquide dans le sac à dos du gamin.

Le Crotale lui avait donné rendez-vous dans trois heures sur un de ses chantiers à la sortie de la ville. Le coin était désert et, le soleil ne se levant pas avant 6 heures à cette période de l'année, il aurait le temps d'interroger son prisonnier. En toute tranquillité.

Il ne pensait pas qu'il avait monté ce coup sans aide. Quelqu'un quelque part les attendait. Lui et les carnets.

Mais pour l'instant, le promoteur désirait s'assurer que les carnets récupérés par Reggie étaient les siens et que l'adolescent n'avait pas eu la mauvaise idée de les photocopier.

Ce dernier parlerait. Ils n'avaient jamais eu la moindre difficulté à extorquer et disséquer des aveux. Lui et son cutter.

Pour le reste, il aviserait. Après.

Quant au gamin, il n'avait pas le choix. Dès qu'il en aurait extrait la substantifique moelle, il le confierait à Reggie pour qu'il l'en débarrasse.

C'était l'avantage des chantiers de construction.

Ils regorgeaient de trous et de béton armé.

Un endroit idéal pour enterrer les pièces détachées.

Pochette surprise

Quand j'ai franchi, l'air de rien, la porte de l'établissement, il y avait foule. Bien que la pendule murale me confirmât qu'il n'était que 3 h 35 du matin, j'avais l'impression d'avoir pénétré dans un centre commercial une veille de Noël.

À un détail près : les commerçants avaient les traits tirés et les chalands des menottes aux poignets.

J'ai suivi les conseils de mon grand-père. J'ai redressé mes épaules et tendu mon menton vers l'avant. Le talent quand on s'apprête à mentir ou à commettre une arnaque consiste, selon lui, à donner le sentiment d'être dans son bon droit.

Je suis passée devant l'accueil et me suis avancée dans le couloir. J'ai observé chaque bureau un à un pour repérer le responsable. Dès que je l'ai reconnu à son âge (avancé), à ses vêtements (civils) et au grade inscrit sur sa porte (commandant), je me suis dirigée vers sa table et j'ai déposé les carnets devant lui.

L'homme a levé son visage vers moi.

– Qu'est-ce que c'est que ça ? m'a-t-il interrogée.

– Des carnets. Quelqu'un les a oubliés au café...

– À 3 heures du matin ? s'est-il étonné.

– Je n'ai pas pu me libérer avant, ai-je affirmé. Et le service des objets trouvés étant fermé...

Le commandant a hoché la tête et commencé à feuilleter un des carnets. Lentement d'abord puis de plus en plus vite. Quand il a eu fini, il m'a lancé un regard intrigué avant de décrocher son téléphone.

– Bremont ! Tu peux venir s'il te plaît ? Une urgence.

Deux secondes après, un policier en uniforme est entré dans la pièce. Son chef a agité les carnets dans les airs et lui a signifié de s'approcher.

Bremont a contourné le bureau sans un mot et s'est penché vers la table.

Le commandant et lui ont parcouru ensemble les dérobés, en se regardant de temps à autre d'un air entendu. Parfait ! M'étant assurée comme l'avait exigé mon père que les carnets n'étaient pas tombés dans l'œil d'un aveugle, je pouvais filer.

Alors que je m'apprêtais à m'éclipser, le commandant a relevé la tête et m'a invitée d'un geste à m'asseoir. J'ai rapidement envisagé différentes options (la fuite, une incapacité soudaine à interpréter son langage des signes, une crise d'épilepsie...) avant de me résoudre à lui obéir.

– Commandant Barzeuil, s'est-il présenté, et voici le capitaine Bremont. Où as-tu trouvé ces carnets ?

– Un homme les a oubliés au café. Ce soir, lui ai-je répondu en tentant de réprimer le léger agacement qui perçait dans ma voix.

D'où se permettait-il de me tutoyer ?

– Au café ? a répété le commandant.

– Oui.

– Ce soir ? a repris le capitaine.

– Affirmatif !

– Il était comment cet homme ? se sont-ils alors enquis en chœur.

J'ai décrit le type des affiches. Le capitaine Bremont est sorti de la pièce et est revenu quelques secondes après, un document à la main.

– C'est lui ? m'a-t-il demandé en me tendant une photo.

– C'est lui ! ai-je confirmé en reconnaissant le visage du promoteur.

Le sourire étincelant avait disparu et ses lèvres pincées affectaient une moue cynique, mais il n'y avait aucun doute, c'était le type des affiches.

– Hum... Je vois. Tu affirmes donc que cet homme, a-t-il soufflé en pointant la photo du doigt, a oublié ce soir ces carnets dans un café.

Le commandant a esquissé un sourire. Il ne croyait pas un mot de mon histoire.

– Ben ouais, ai-je bredouillé, perdant l'assurance que j'avais gravée sur mon visage avant d'entrer dans son bureau.

Le commandant Barzeuil a basculé son fauteuil en arrière et secoué la tête.

– Hum, a-t-il marmonné. Tu as parlé d'un café. Tu te souviens de son nom ?

– Non.

– Bien sûr, bien sûr, a-t-il commenté en croisant les mains sur son ventre. Toutefois tu te remémores sûrement sa situation géographique.

– Près du port. Les sièges étaient recouverts d'un tissu jaune... et blanc, me suis-je enfoncée.

– Ah... un tissu jaune... et blanc, a-t-il répété d'un ton amusé. Bon, reprenons...

J'ai pris une profonde inspiration et me suis affalée sur ma chaise en plastique.

Mon père m'avait affirmé que personne ne remettrait en doute les dires d'une fille de mon âge. Quand il m'avait exposé son plan, j'avais tout de suite été partante. Enfin un rôle clé !

Mon enthousiasme s'était maintenant volatilisé. J'allais passer le reste de la nuit sur cette chaise à répondre inlassablement aux mêmes questions.

Il était clair que mon père ne connaissait pas grand-chose aux méthodes policières. À moins que...

À moins que ce filou de Mastermind n'ait pensé qu'il était temps pour moi de me confronter à une des plus dures réalités de notre métier. À tout moment, nous risquions de trébucher dans la gueule du loup alors autant s'entraîner et apprendre à le dompter (et ses nerfs par la même occasion). En amont.

Cette explication rusée tenait d'autant plus que mon père avait refusé que ma mère me vieillisse en deux artifices trois cosmétiques ainsi qu'elle l'avait suggéré et, qu'en entrant dans le commissariat, j'avais découvert une fausse carte d'identité au nom d'Ashley (pour éviter que je me trompe) McKenzy (pour éviter que je me grille) dans la poche de mon blouson.

J'en étais là de mes ruminations quand un sac en papier et un gobelet en carton sont apparus sur le bureau.

J'ai suivi du regard la main salvatrice qui les avait déposés jusqu'à un dos voûté.

– Maman ! s'est écrié le commandant en se redressant sur son fauteuil. Qu'est-ce que tu viens encore faire au commissariat en pleine nuit ?

Le capitaine Bremont a profité de cette interruption pour regagner son bureau.

– Je n'arrivais pas à dormir, lui a répondu une voix qui m'a paru étrangement familière.

– Eh bien regarde la télé ou lis un bouquin ! s'est-il agacé.

– J'ai pensé qu'un petit café et des chouquettes...

– Maman, j'ai cinquante-quatre ans, a soupiré le commandant. Ici c'est mon lieu de travail, pas une colonie de vacances. Combien de fois faudra-t-il te répéter que tu ne peux pas faire irruption comme ça, sans prévenir, et m'interrompre au beau milieu d'un interrogatoire ?

Le dos a haussé les épaules et s'est tourné vers moi. Sa tête a suivi le mouvement et je l'ai immédiatement reconnue. Elle aussi puisqu'elle a écarquillé les yeux avant de sourire et de lancer :

– Oh, mais ne serait-ce pas la charmante jeune fille de l'autre jour ?

– C'est moi, ai-je confirmé en lui rendant son sourire.

– Vous... vous vous connaissez, a balbutié le commandant sidéré.

– Bien sûr. Tu te souviens de la charmante demoiselle dont je t'ai parlé dimanche ? Celle qui est venue chez moi me rendre le portefeuille que j'avais perdu dans la rue ? Eh bien, c'est elle, a affirmé Mme Barzeuil.

Le commandant m'a dévisagée un moment avant de constater :

– Décidément, les objets trouvés, c'est votre spécialité !

– Elle a même refusé le billet de 5 euros que je souhaitais lui donner pour la remercier, a poursuivi sa mère.

– Waouh ! a commenté le commandant en affichant un sourire goguenard.

– Seulement cette fois, vous êtes coincée, a affirmé la vieille femme en me regardant droit dans les yeux.

Un frisson a couru le long de mon dos. J'étais faite. Comme une rate.

– Vous n'oseriez pas refuser d'accompagner une vieille dame au café pour partager un précoce et copieux petit-déjeuner, a-t-elle alors poursuivi.

Je n'ai pas pu réprimer un soupir de soulagement.

– Ce serait avec plaisir, mais… ai-je soufflé en indiquant son fils de la tête.

Mme Barzeuil s'est tournée vers lui.

– Enfin, Pierre, que peux-tu bien vouloir à cette ravissante jeune fille ?

– Des renseignements… a-t-il grogné.

– Elle ne te les a pas donnés ? s'est enquis la vieille dame.

– Si, si, a-t-il marmonné.

– Elle est libre alors ?

– C'est bon. Allez-y ! a cédé le commandant.

Je me suis levée d'un bond. Le commandant m'a fait signe de m'approcher de lui.

– Je ne crois pas un mot de votre histoire, m'a-t-il glissé à l'oreille en passant au vouvoiement. Je reste persuadé que vous avez obtenu ces carnets d'une façon moins... hasardeuse que vous ne voulez l'admettre. J'aurais aimé en savoir plus. Curiosité policière. Mais cela n'a pas vraiment d'importance. Ils vont nous permettre d'avancer dans une affaire sur laquelle nous travaillons depuis des mois et je tiens à vous remercier de nous les avoir apportés. Ainsi que d'avoir rendu son portefeuille à ma mère. Vous êtes un drôle de phénomène, mademoiselle.

Sur ces mots, le commandant s'est levé et m'a tendu la main. J'ai hésité un instant à serrer la poigne de l'ennemi puis j'ai placé mes préjugés de côté et je l'ai saisie. Un sourire entendu a glissé sur les lèvres du policier.

– Vous êtes prête ? m'a demandé sa mère.

– Prête.

– Parfait !

Mme Barzeuil m'a conduite dans un petit café où j'ai dégusté un délicieux chocolat chaud. Un vrai. Fort. Onctueux. Pour me remettre de mes émotions, j'y ai ajouté deux croissants et une chocolatine (ainsi qu'ils surnomment les pains au chocolat dans cette région). La vieille femme m'a accompagnée en buvant un expresso.

Ce solide petit-déjeuner achevé, j'ai embrassé une Mme Barzeuil rayonnante du devoir accompli et couru jusqu'à la gare.

Comme prévu, mes parents et Lucas m'attendaient sur le quai avec nos valises.

Dès qu'elle m'a aperçue, ma mère s'est ruée vers moi. Je l'ai aussitôt rassurée. Tout s'était bien passé.

Mon père m'a décoché un clin d'œil entendu avant de composter nos billets et nous nous sommes jetés dans le train.

À 5 h 42, ce dernier s'est élancé.

Direction : la maison. La vraie.

Banco

Francis Parmentier jeta un dernier coup d'œil à l'horloge de sa voiture. 5 h 45. Qu'est-ce qu'il fichait cet abruti ? Il aurait dû être là depuis trois quarts d'heure. Il avait essayé de le joindre sur son portable à plusieurs reprises et était tombé sur la messagerie. Il avait eu la tentation d'y déverser une litanie de sous-entendus menaçants, mais s'était retenu. Mieux valait attendre d'avoir récupéré les carnets avant de le virer.

Le promoteur tourna la clé de contact. Reggie avait probablement eu un contretemps et lui téléphonerait dès que possible. Ils conviendraient alors d'un autre rendez-vous.

Francis Parmentier n'envisageait pas une seconde que son porte-flingue l'ait doublé.

Certes, Reggie n'était pas une flèche mais ce n'était pas une balance. Ne serait-ce que par instinct de conservation.

Arrivé devant l'immeuble qui abritait sa société, le promoteur immobilier s'engagea dans le parking souterrain, gara sa voiture à l'emplacement qui lui était exclusivement réservé, monta jusqu'au dernier étage et poussa la porte de son bureau. Il eut un moment de surprise en constatant qu'elle était fermée avant de réaliser qu'il était normal que sa secrétaire ne soit pas encore arrivée à 6 heures du matin.

À peine eut-il pendu sa veste au portemanteau de l'entrée que l'interphone grésilla. Reggie ! Enfin ! Le promoteur appuya sur la touche d'appel.

– Où étais-tu passé ? J'espère que le gamin est avec toi. N'oublie pas les carnets ! lança-t-il dans le micro sans laisser le temps à son visiteur de répondre.

Il appuya sur la touche ouvre-porte, se glissa dans son bureau, s'installa dans son fauteuil pivotant subtilement surélevé pour impressionner ses interlocuteurs et se tourna vers la fenêtre pour marquer son agacement.

Quand il entendit des pas se rapprocher, il ne bougea pas d'un millimètre.

– Quel gamin ? interrogea une voix inconnue dans son dos.

Le promoteur se retourna d'un mouvement brusque. Un homme d'une cinquantaine d'années l'observait, un sourire narquois collé sur le visage.

– Monsieur Parmentier ? s'enquit l'inconnu.

– Qu'est-ce que vous faites ici ?

– Monsieur Francis Parmentier ? répéta l'homme.

– Lui-même. Puis-je savoir à qui j'ai l'honneur ? siffla le promoteur en lui décochant un sourire reptilien.

– Commandant Barzeuil, se présenta enfin l'inconnu en exhibant son badge. Veuillez nous suivre s'il vous plaît.

Le sourire du Crotale fondit comme neige au soleil.

Deux policiers en uniforme pénétrèrent alors dans la pièce. Le promoteur soupira. Il ne savait pas ce qui s'était passé, mais nul besoin d'être extralucide pour deviner qu'à un moment donné les événements avaient mal tourné.

Retour au bercail

Après notre départ précipité du sud de la France, nous avons tranquillement réintégré nos pénates parisiens. Lucas a ronchonné pendant quelques jours puis il a fini (avec mon aide) par accepter l'évidence : il était l'unique responsable de ce retour inopiné.

Ses « potes » n'étant pas encore rentrés de vacances, il s'est souvenu qu'il avait une sœur avec qui il était possible de discuter, aller au cinoche, visiter des musées... Ça tombait plutôt bien car Ling-Anne ne serait pas de retour avant la fin du mois.

Ainsi j'ai enfin pu profiter de mon frère. De mes frères pour être exacte, puisque Lucas et moi étions chargés de garder Chris pendant que nos parents travaillaient.

Ces derniers avaient en effet rouvert leur magasin d'antiquités (alias leur couverture) avec deux semaines d'avance tout en profitant du calme de la capitale pour commettre divers repérages...

En surfant sur le Net, j'avais appris que Francis Parmentier avait été arrêté le jour de notre départ et attendait d'être traduit en justice. Suite aux perquisitions effectuées dans son entreprise, à son domicile et à un afflux soudain de témoins, les charges s'étaient accumulées contre lui. Il était accusé de corruption de fonctionnaires, fausses factures, exploitation de travailleurs clandestins... La liste était interminable.

L'adjoint au maire, la responsable du service juridique de la mairie, deux officiers de police (un capitaine et un sergent) et des notables de la ville avaient également été mis en examen.

Maître Cornet n'étant pas mentionné dans ces articles, j'en avais déduit qu'il avait trouvé une parade pour échapper au bras de la justice. Il faut dire que son nom ne figurait pas dans les compromettants carnets, son rôle s'étant limité à les conserver à l'abri des convoitises, ce qu'il était par ailleurs impossible à prouver. Ces derniers étaient miraculeusement entrés en possession de la police et... de la presse puisque les journalistes se référaient à une « source anonyme » qui leur aurait envoyé des photocopies desdits carnets par la poste.

J'avais retrouvé la trace du manoir sur le site d'une agence immobilière. Le notaire l'avait mis en vente deux jours après notre départ. Grâce au diaporama, j'avais pu me balader virtuellement à l'intérieur et constater que son ramage (tapis persans, meubles anciens, tableaux de maîtres...) se rapportait bien à son plumage. Le site précisait que le lieu était désormais protégé par un système d'alarme « ultra-sophistiqué ». On apercevait même deux dobermans aux canines impressionnantes sur un des clichés du jardin. On n'est jamais trop prudent !

Le commandant Pierre Barzeuil avait été nommé commissaire. Sur une photographie de la réception publiée sur la page Facebook du capitaine Bremont, j'avais reconnu Mme Barzeuil. Elle serrait son fils dans ses bras en souriant vers l'objectif.

Reggie nous avait envoyé une carte postale de New York afin de remercier mon père. Pour les 5 000 euros qui lui avaient permis de s'envoler et de s'installer dans la Grosse Pomme ainsi que pour les coordonnées du receleur chez qui il travaillait à présent en qualité de garde du corps...

Le reste de l'argent de maître Cornet (après la ponction de 50 % prévue par le dixième commandement) avait été divisé en parts égales. Nos parents avaient comme toujours déposé la somme nous revenant (à Lucas et à moi) sur des comptes bloqués jusqu'à notre majorité. La part de Lucas avait été grevée de 500 euros et, mes économies récupérées, je m'étais inscrite à mes cours d'informatique.

Le pistolet (de maître Cornet) et le revolver (de Reggie) avaient depuis longtemps rejoint le capitaine Nemo vingt mille lieues sous les mers.

Quant à la bague, elle s'était égarée dans l'agitation du départ. Je soupçonnais toutefois que, d'une façon ou d'une autre, elle était retournée orner le doigt osseux d'une grande maigre à micro-bikini rose fluo. À moins que cette dernière ne l'ait déjà liquidée…

Un art de famille

J'ai stoppé net.

– Chris, veux-tu bien lâcher ça s'il te plaît ! me suis-je écriée en me retournant vers la femme dont mon frère, assis dans sa poussette, venait d'attraper le sac à main.

Comme il ne réagissait pas, j'ai fini par le lui arracher des mains. Il a poussé un hoquet d'indignation tandis que je rendais l'objet à sa propriétaire.

– Oh, ne vous inquiétez pas, les bébés ont souvent les mains baladeuses, m'a-t-elle assuré en souriant. Il ne l'a pas fait exprès.

– Sûrement… ai-je murmuré en m'éloignant.

J'ai observé le visage angélique de mon petit frère qui tendait ses paumes vers moi d'un air fier.

Les apparences sont parfois trompeuses…

DU MÊME AUTEUR

Derrière les volets

Grand lecteur de romans policiers, Benoît s'étonne. Depuis plusieurs jours, les volets de sa voisine restent fermés. Inquiet, il enquête sur cette disparition et surveille les allées et venues des visiteurs louches…

L'AUTEUR

D'après des sources dont on espère qu'elles sont fiables, **Éléonore Cannone** serait née à Paris dans les années 1970 et porterait un pseudonyme.

Après avoir tenté de devenir :

- profileuse mais elle a été recalée à l'examen d'entrée du FFBI (*French Federal Bureau of Investigation*) parce qu'elle ne savait pas siffler ;
- suiveuse professionnelle mais elle se faisait systématiquement repérer car elle adore les chapeaux insolites ;
- vétérinaire pour poissons rouges mais personne n'avait encore pensé à inventer ce métier ;

elle a finalement choisi de raconter des histoires dans lesquelles ses personnages pourraient enquêter, espionner leurs voisins et soigner des poissons rouges en toute tranquillité.

Elle a déjà publié, sous le même nom, *Derrière les volets* dans la même collection, *Mon Ange* et *Changement de famille* dans la collection Rageot Romans.

TABLE DES MATIÈRES

L'HÔTEL DES QUATRE SAISONS

Au fil des saisons, Martin, le jeune groom, enquête dans un grand hôtel parisien.

Une série de Paul THIÈS

Un printemps vert panique

Il fait beau, le printemps est là, pourtant la vieille comtesse qui appréciait Martin est morte et il se sent menacé. Il a l'impression d'être espionné et suivi.
Mais par qui et pourquoi ?

Un été bleu cauchemar

Martin, groom à l'hôtel des Quatre Saisons, découvre le cadavre d'un client et décide de mener son enquête. Sa vie bascule quand il devient la cible du tueur.

Un automne rouge sang

Qui cherche à nuire à M. Sartahoui, un paisible et érudit client de l'hôtel des Quatre Saisons ? Martin et son ami Medhi mènent l'enquête à Montmartre.

Un hiver blanc frisson

Mme Desmoulins, la mère de la belle Marie-Décembre, demande à Martin de voler un fabuleux diamant ! Acceptera-t-il de commettre ce délit par amour ?

DANS LA MÊME COLLECTiON

L'écrivain mystère
Stéphane Daniel

Thibault Anderson, le célèbre auteur de romans policiers invité par la classe, ne connaît pas ses propres livres ! Lucas, Zinédine et Marion décident de percer son secret et commencent à l'espionner…

DANS LA MÊME COLLECTION

Qui a volé mon chien ?
Roselyne Bertin

Zoé, la jeune chienne labrador d'Arthur, a disparu. Persuadé qu'il s'agit d'un enlèvement, il mène son enquête. À l'insu de ses parents et à ses risques et périls...

Retrouvez tous les titres de la collection

Heure noire

sur le site **www.rageot.fr**

Achevé d'imprimer en France en mars 2012
par l'imprimerie Hérissey à Évreux.
Dépôt légal : avril 2012
N° d'édition : 5573 - 01
N° d'impression : 118351